望乡

[日] 湊佳苗 著
王蕴洁 译

四川文艺出版社

图书在版编目（CIP）数据

望乡 /（日）湊佳苗著；王蕴洁译 . -- 成都：
四川文艺出版社，2020.3
ISBN 978-7-5411-5473-7

Ⅰ . ①望… Ⅱ . ①湊… ②王… Ⅲ . ①短篇小说—小
说集—日本—现代 Ⅳ . ① I313.45

中国版本图书馆 CIP 数据核字 (2019) 第 205445 号

WANGXIANG

望乡

[日] 湊佳苗 著　王蕴洁 译

出品人　张庆宁
策划出品　磨铁图书
责任编辑　陈雪媛
特约编辑　胡瑞婷
特约监制　潘　良　魏　强
装帧设计　尚燕平
责任校对　汪　平

出版发行　四川文艺出版社（成都市槐树街 2 号）
网　　址　www.scwys.com
电　　话　028-86259287（发行部）　028-86259303（编辑部）
传　　真　028-86259306

邮购地址　成都市槐树街 2 号四川文艺出版社邮购部　610031
印　　刷　河北鹏润印刷有限公司
成品尺寸　146mm × 210mm　开　本　32 开
印　　张　6.75　字　数　150 千
版　　次　2020 年 3 月第一版　印　次　2020 年 3 月第一次印刷
书　　号　ISBN 978-7-5411-5473-7
定　　价　42.00 元

目 录

橘子花

即使离乡背井，萦绕耳边的依然是燧滩微波荡漾的声音。

站在高楼大厦的缝隙中，心惊胆战地仰望灰色天空，宛如母亲的摇篮曲般抚慰着我折翼的灵魂……

白纲岛市闭幕典礼会变成了一场忍笑大会吗?

舞台上的讲桌前，一个四十多岁的大婶搭配着丰富的肢体语言，朗读着奇怪的文章。前排附近传来吸鼻涕的声音，但应该只是我的错觉。因为我坐在最后一排，所以能看见周围的人都不停地翻着白眼，甚至有人张着嘴巴睡觉。

如果在台上朗读的不是我的姐姐，我也很想像他们一样。今天凌晨，母亲三点就把我叫了起来，一直都没时间回床上补眠，现在又跑来参加这个从上午十点开始举行的闭幕典礼。

“盂兰盆节的迎火[1]点了吗?”

---

[1] 日本的盂兰盆节（中元节），人们一般在八月十三日点迎火来迎接祖先的灵魂。

“点了。”

“奇怪，我怎么没有感觉到你爸回来的动静？”

今天是八月十五日，迎火已经连续点了三天。为了让母亲能够亲眼看到，我还特地让她坐在檐廊上，打开窗户，在庭院的炎炎烈日下烧了半个多小时的火。

真搞不懂她为什么希望父亲回来，万一不光是他一个人回来怎么办？难道失智症抹去了不幸的记忆，就像期待死去的人会回来家里一样，也会希望活着的人回来吗？

我强忍泪水，用力闭上了双眼，眼帘深处浮现出白纲山的英姿。

难以承受的考验让我的心支离破碎，雄伟的白纲山宛如父亲，向跪地的我张开温暖的双手。

无论离乡几度春秋，白纲山雄伟的英姿依然屹立我心……

母亲罹患了失智症，所以不能怪她，但姐姐的脑筋应该没出问题吧？还是说，她提到的父亲并不是自己的亲生父亲，而是泛指所有的父亲？或者是我对父亲的记忆有误？不，这个可能性完全不存在。

虽然是三十年前，在我只有十岁时发生的事，但仍然给我留下了鲜明的记忆。

我们家是住在乡下地方的普通家庭，一家四口，父亲、母亲、姐姐和我，父亲在町[1]政府上班，母亲是家庭主妇，但还要照顾橘子园。

那是祖父母的橘子园，母亲嫁进这个家之后，她很不甘愿地被迫帮忙，没想到祖父母离开人世后，照料橘子园的工作就落在母亲一个人身上。那是繁重的体力工作，但也无法轻易卖掉农用地或是改成建设用地。

父亲在周日或假日也从来不去橘子园帮忙，他向来坚持，自己已经尽了辛勤工作的义务，假日总是说一声“我去钓鱼”，就一个人开车出门了。

父亲的收入可以维持家计，所以母亲也无话可说，话说回来，母亲不光对父亲，对任何人说的话都不会表达反对意见。

“橘子园也可以周日、假日休息，大家一起去玩啊。”

父亲曾经这么提议，但母亲和我很容易晕车，姐姐和父亲合不来，她和父亲单独相处时，两人聊不到五分钟，所以每逢假日，父亲总是独自出门。

事后冷静回想起来，难免觉得母亲、姐姐和我也是造成那件事的原因，但即使把这个因素考虑在内，仍然无法原谅父亲。

大海是母亲，大地是父亲。

接受了大海和大地的恩惠而开花结果的橘子和美丽的夕阳，都

[1] 町是日本行政区划名称，行政等级同市、村，相当于中国的镇。

有着相同的颜色。

满嘴的酸酸甜甜，恰似少女时代的记忆，令人又爱又怜……

手臂很痒，我忍不住用力抓了起来，不知道为什么，脑海中浮现出我家的橘子园。

我家有三个橘子园，分别叫不同的名字。山顶上的叫“顶上”；位于半山腰，种了一棵大枇杷树的叫“枇杷树”；国道旁的那个叫“国道”。都是很直截了当、无法发挥任何想象空间的名字。

比我年长三岁的姐姐和我平时放学后，会去才艺班学钢琴、珠算，或是和住在附近的同学一起玩耍；但秋收的时候，我们几乎每天都要去橘子园，假日甚至要带便当去忙一整天。

用剪刀在橘子蒂上方一厘米处剪下后，然后贴着蒂剪下细枝，再把橘子放进挂在肩上的篮子里，装满篮子后，就倒进箱子。虽然和熟成橘色、味道也很甜的橘子相比，现摘的橘子外皮还很青绿；但我每年摘下第一个橘子后，不会放进篮子，而是拿在手上揉来揉去，剥下橘皮，掰成两半后尝鲜。

这种吃法是姐姐教我的。我总是不停地嚷嚷着：“累死人了！”姐姐总是默默地工作。每次看到姐姐的箱子里放满了橘子，我就在内心自我辩解，这是年龄差距的问题。没有人会责怪我，但回想起以前姐姐在我这个年纪的时候，就不得不承认，她做事的确比我认真。姐姐把篮子里的橘子倒进箱子时，每三次就有一次会悄悄倒进我的箱子。

姐姐的手很灵巧，比我更适合在橘子园工作，也更融入岛屿的景色。

架在这片美丽大海上的白色吊桥，为我心爱的故乡带来了什么，又夺走了什么？

连接白纲岛和日本本岛之间的大桥，就是在那件事发生的那一年架设的。当时我读小学四年级，姐姐读中学一年级。

那座大桥竣工之后，姐姐开始逃避去橘子园。每三次就有一次说她快考试了，想在家复习功课。她搬出这些冠冕堂皇的理由，母亲也就不强迫她非去不可，但我很快就发现那只是姐姐的借口，因为每次去“国道”橘子园时，姐姐就会设法逃避。

通往大桥的交流道就在“国道”旁，我记得父亲曾经懊恼地说，如果交流道再往这边移一点有多好。

大桥落成后，经过橘子园前的车流量比以前多出一倍以上。也许来自大城市的人对橘子园很好奇，有时候会把车子停在橘子园前，希望可以买一些刚摘下的橘子。大部分都是携带家眷的游客，他们当然都是一身漂漂亮亮的出游打扮。

或许他们回到日常生活中，也会穿旧衣服工作；但我小时候无法想到那么多，只觉得城里人都穿得很漂亮，乡下人都穿旧衣服，忍不住为自己感到难过和悲哀。

姐姐觉得被人看到穿旧衣服在橘子园工作很丢脸，所以不想去“国道”。

这个解释只对了一半，另一半是错的。

留在故乡的回忆都很微不足道。

但是，为什么一听到故乡的名字，内心就像被撕裂，泪水忍不住流了下来……

*

我陷入了回忆，姐姐的声音断断续续，越来越小，但我听到了“泪水”这两个字，不由得思考：还有人比我们流过更多伤心的泪水吗？

姐姐逃避去“国道”差不多两个月了。即将年底的某一天，由于正值寒假，所以姐姐不能推说要考试，而是说她肚子痛。

“你姐姐今天没来吗？”

我躲在橘子园的角落，在“国道”死角位置的农道旁偷懒，背后突然有人对我说话。他是姐姐的同学，名叫宫下邦和。虽然长得不帅，但很聪明，跑步也很快，就连不同年级的我也认识他，知道他的名字。

我把姐姐的借口告诉了他。

“是吗？肚子痛就没办法了，如果请你带这个慰问她，她就会觉得故意给她难堪。那你就在这里吃掉，不要被你姐姐知道。”

他递给我一块巧克力。那是当时刚推出的巧克力新产品，加了很多鲜奶油，白底红花的包装纸很漂亮，是我梦寐以求的零食。我好几次都央求母亲买给我，但母亲每次都以买零食不可以超过五十日元为由而拒绝。

我道谢后接过巧克力。邦和坐上装了水泥袋的小货车的驾驶座，驾车驶向农道的深处。之前把山夷为平地后建了交流道，承包交流道周边整备工程的宫下土木正是邦和家经营的公司，当时我以为帮忙家里做事时，即使中学生也可以开车，所以毫不在意地目送他的小货车离去。

“把巧克力拿给姐姐，如果姐姐不分给你，妈妈就买给你。”

吃便当时，母亲对我说。我把巧克力藏在旧衣服的口袋里，但母亲还是发现了邦和拿巧克力给我这件事。

我回家向姐姐说明情况后，把巧克力拿给她。她若无其事地说：“那我分你一半。”她小心翼翼地拆下花卉图案的包装纸，把裹着银箔纸的巧克力掰成两半，我立刻闻到一股令人陶醉的香味。没想到姐姐皱着眉说：“我还是不要了。”她把巧克力都塞给我，转身躲进自己的房间。

我追了过去，隔着纸拉门听到她把脸埋在枕头里哭的声音。我以为姐姐真的肚子痛，所以问她，要不要拿正露丸，她没好气地回答，不需要。我回到客厅，吃巧克力的时候忍不住想：既然不是肚子痛，那到底是怎么回事？

我突然想到，姐姐会不会喜欢宫下邦和？她穿旧衣服在橘子园工作时，会不会不是怕被住在大城市、穿着漂亮衣服的人看到，而是担心宫下邦和帮家里做生意，经过“国道”旁的农道时会看到？

邦和一定是以前在“国道”见过姐姐，今天才会把巧克力送到橘子园。送慰问品？只是普通同学的话，会送新上市的昂贵巧克力吗？也许姐姐在学校和其他同学聊巧克力时刚好被邦和听到，或者他们相互喜欢？不知道寒假结束后，姐姐在学校时会用怎样的态度和他接触，会谢谢他送巧克力吗？

我不理会姐姐的哭泣，独自发挥着想象力，完全不知道三天后，这件事将变得无足轻重。

因为三天后，父亲车祸身亡了。

心爱的故乡对离去的人也伸出温暖的手，接受了夺眶而出的泪水；对离乡背井的人说，你也可以为我哭泣……

离新年只剩下三天。那天，父亲一大早就说："我去钓鱼。"然后开着车出门了。母亲、姐姐和我带着便当，坐上母亲的小货车前往"枇杷树"。那是还没有手机的年代，父亲在下午两点左右出车祸，我们到六点多才接到通知，而且并不是岛上的医院打来的电话。

当我们赶到时，父亲已经死了。

岛上有很多很棒的海钓场，甚至吸引了本岛的钓客，但父亲是在本岛发生的车祸，而且是在山上，副驾驶座上还有另一个人。

对方是我们完全不认识的女人，车祸的原因是父亲在开车时睡着了。父亲被送到医院时还有呼吸，那个女人则当场死亡。

之后，我们立刻得知了那个女人的身份，但还是小学生的我无法了解详情，只知道她和父亲在同一个地方工作，是刚从学校毕业的年轻女人。

但我还是知道在父亲的葬礼上，前来吊唁的人交头接耳并不是在表达哀悼。以及葬礼隔天，一对老夫妇冲进家里大骂“凶手”，看到母亲双手伏地道歉的身影时，我可以感受到我家在这场车祸中处于被人指责的境地。

姐姐和我的班主任、同学都来参加了葬礼，他们应该也听到了吊唁客窃窃私语聊的八卦。

幸好我当时还是小学生，而且班主任是一位好老师。当班上的男生调侃我说“你爸爸是凶手”时，班主任告诉全班同学，贬低他人是多么愚蠢的行为，甚至半威胁地说，一旦有这种行为，绝对会自食恶果。

姐姐在学校被同学用阴险的方式欺负。虽然姐姐回家后完全没提这件事，但在第三学期开学后不久，我看到姐姐在半夜偷偷洗着室内用的鞋子。之后她的笔记本也被人乱涂乱写，运动服被藏起来，白衬衫上也被泼了墨汁。但我从来没有看到姐姐流眼泪。

有一天姐姐回家时，一头齐肩的笔直头发被剪得参差不齐，她若无其事地对母亲说：“我想自己剪头发，结果剪坏了。”母亲流着泪对姐姐说“对不起”，为她修剪了头发。

只有一次，姐姐向母亲提议：“我们离开这座岛。”但是，母亲回答：“我不知道离开这里要怎么生活。”说完之后，连声向姐姐道歉。

姐姐很可怜，但无论面对什么人都只会一味道歉的母亲也很可怜。

不，我没理由同情姐姐，因为她最终离开了这里，而且为我家留下了“这家的女儿在高中毕业之前就和男人私奔”的污名。

而且把母亲硬塞给了我。

我的故乡啊。

不知有多少个夜晚，我为你将失去自己的名字落泪。

我深知自己的无力，不知多少次在手心留下深深的指甲痕迹……

“既然这样，那你就住在岛上，在这里缴税。”

听到有人不屑地嘀咕，我回过了神。是坐在我前排的那个女人。我心不在焉地回首往事时，好像突然被人甩了一记耳光。

“就是啊。”

旁边的女人也表示同意。这两个女人都和我年纪差不多，或者比我稍长几岁。

没错，完全正确。

但是，在可以容纳一千人的市民会馆的大礼堂内，后排发出的声音被前排吸鼻涕的声音淹没了，无法传入姐姐的耳朵。

大礼堂内有二十五排，每排有四十个座位，前五排是来宾，第六排到第十排是岛外想要参加今天的闭幕典礼，用明信片报名后抽签选中的人，第十排之后是岛上的居民代表，第十一到第二十排是高中、初中、小学的代表，从第二十一排开始是各地区的代表。虽说是代表，其实是硬性规定各地区必须派五个人参加，所以参加者几乎都像我一样，禁不起区长的再三拜托，只好从衣柜里找出一件过时的洋装，无可奈何地前来出席。

我的故乡啊，希望你永远都在这里！

姐姐似乎终于讲完了。身穿名牌洋装的她在如雷的掌声中，面带笑容地走下舞台。不光是前排的人，连高中生也都热烈鼓掌，看来并不是只有我女儿美香子会看她写的书。

姐姐的职业是作家，算是岛上诞生的名人，以特别来宾的身份出席今天的闭幕典礼。今年是她踏入文坛二十周年，但她从来没有对外公布自己来自白纲岛，也从来没有将小说的背景设定在白纲岛或者像是白纲岛的地方，更不曾回到岛上举办演讲，今天却来出席“白纲岛市闭幕典礼”。

昨天晚上，我突然接到了姐姐的电话。

“我会出席明天的闭幕典礼，你不去吗？”

这是二十五年来杳无音信的人开口说的第一句话？我傻眼的同时，有点怀疑她到底是不是姐姐，只回答了一句：“会去啊。”结果她说了一声“那就明天见”，就挂上了电话。

“该不会是阿姨？她要来参加典礼吗？也对，她是名人。”

美香子兴奋地叫了起来，但我只是纳闷：为什么她现在要回来，而且要在舞台上朗读《致我的故乡》？

因为她是作家，所以受到这种邀请也很正常，但她竟然敢在众人面前朗读这种文章。

她明明抛弃了这座岛屿。

而且，白纲岛并不是沉入大海消失不见了，消失的只是“白纲岛市”的“市”这个字而已。

今年是白纲岛市迎接建市的第五十五年。日本有很多岛屿，但全国只有白纲岛是一岛一市。白纲岛市最初只有四万人，造船业很发达，在四十年前的全盛时期，几乎每周都可以看到鸽子飞、气球飘扬、乐队扫街游行的热闹的新船下水典礼。

三十年前，白纲岛市建造了一座连接本岛的桥梁，打着“濑户内海的西西里岛”的名号，吸引了很多观光客。之后又在交流道下建了一个模仿比萨斜塔的大型地标，上面写着“欢迎光临白纲岛市”。

那时候的橘子价格也很理想。

但是，之后渐渐开始走下坡路。造船业不景气，牛肉和橙子进口自由化——泡沫经济就像在外国发生的事，没有为白纲岛带来任何正面影响，没想到崩溃时，却让白纲岛扎扎实实地承受了因此带来的冲击。起初只是来自岛外的人离开，渐渐地，从小在岛上长大的人为了谋生，也纷纷背井离乡。

白纲岛目前的人口大约有两万，在岛上生活的人可以深切体会到一岛一市的营运方式已经撑不下去了，所以，在听到即将和对岸本岛的市合并时，大家并没有太大的反应。

没想到那些离开岛屿在外生活的人竟然对此强烈抗议。

难道不想保卫故乡吗？那你们自己搬回岛上生活，缴纳税金啊。

坐在前排那个女人的嘀咕并不只是针对姐姐。

故乡到底是什么？

全国各地持续进行市、町、村合并，有许多地方都取了夹杂着平假名和片假名的新潮新市名，白纲岛只是被吸收合并，新市名沿用合并都市原来的名字。

成为文学气息浓厚、在全国也很有知名度的○市的一部分绝对不是什么值得伤心的事，而且，地址仍然会有“白纲岛”几个字，只是从之前的白纲岛市 × × 町改成○市白纲岛 × × 町而已。

大海和山林都没有改变，相反地，即使合并之后，白纲岛也不可能分享到太多预算，所以不必担心会建造什么公共设施导致景观发生变化。

即便如此，听到来宾不停地提到故乡的无聊致辞和抛弃了岛屿的作家的奇怪文章，那些背井离乡的人竟然会落泪、擤鼻涕，还真是多愁善感啊。

有几台摄影机转播这场闭幕典礼，他们一定拍到了满意的画面，却完全没有发现那些落泪的人身上穿的并不是岛上卖的衣服。要不要继续拍摄典礼结束后他们甚至没有去祖坟扫墓就直接离开的身影？

“看到便利商店出现在这里，真是太受打击了。”

闭幕典礼开始之后，有一个女人对着麦克风说这种话。白纲岛不是昭和什么村之类的游乐场所，而是民众生活的地方，这些离开岛屿的人没有资格为了所谓的乡愁、回忆之类的抱怨半句。

三十个身穿白衬衫、黑裙的女人出现在撤下讲桌的舞台上。她们是白纲岛妇女合唱团的成员。合唱团成员随着钢琴的伴奏声，微微摇晃着身体，充满感情地唱了起来：

橘花盛开，充满回忆的道路，山丘的道路……

坐在前排那个刚才吐槽姐姐的女人哭了起来。我能够理解她的心情。

岛上的居民虽然能够了解现实的无奈，却也难免感伤。

小学上社会课时，听到老师说“日本全国只有白纲岛是一岛一市”，虽然无法理解是怎么一回事，但还是很自豪地认为，“全国唯一”这件事一定很了不起。想到全日本的小学生都会学到这个知识，在考试的答案卷上写上“白纲岛”这三个字，就觉得格外兴奋。

中央商店街随时都很热闹，小时候最大的快乐就是跟着大人去咖啡店吃巧克力香蕉船。

不，最快乐的事应该是庙会。春季庙会、夏季庙会、秋季庙会，不同季节的各种庙会，神社的参道两旁都设满了摊位。棉花糖、苹果糖、章鱼烧、烤玉米、金平糖。我都会和姐姐商量要央求妈妈买什么，我总是三两下就决定了，姐姐却举棋不定，犹豫半天都无法决定，所以每次都是我先买。

我要买棉花糖。

买了比脸还要大的棉花糖，津津有味地吃完后，看到姐姐买了苹果糖，顿时后悔不已，觉得自己也应该买苹果糖。那一刻，红色的苹果糖是世界上最美味的食物，不由得为自己看得到却吃不到流下了懊恼的眼泪。母亲只好拿出皮夹，姐姐又跑回参道，为我买了鲜红色的苹果糖回来。

我也曾经吃了棉花糖后羡慕姐姐的玉米，或是吃了苹果糖后，又羡慕姐姐买了开了花的仙人掌。当时几乎每次都会上演相同的戏码，现在回想起来，很想用手指弹当时的自己的额头。

如今，不只是咖啡店，商店街内几乎所有的商店都拉下了铁卷门。虽然庙会持续举行，但参加者和摊位都只有以前的十分之一，无法再成为小孩子乐在其中的场所。

这里没有电影院，没有购物中心，也没有保龄球馆。

美香子和岛上其他孩子喜欢的地方都在岛外。

那不是令人怀念的回忆中的故乡，而是出生之后就一直生活的地方。看着自己的家乡渐渐没落，怎么可能不难过？

我从皮包里拿出手帕擦拭眼泪。并不是只有坐在我前面的那个女人和我流泪而已，但最前面那几排的气氛很冷漠。

离开岛屿的人只对同样是离开岛屿的人产生共鸣，住在岛上的人也只对住在岛上的人产生共鸣。只有对和自己立场相同的人，才能产生共鸣吗？

这场闭幕典礼到底为谁而办，为何而办？

这座市民会馆的大礼堂是我充满回忆的地方。我老公曾经是我的同事，婚前的他说想要看我在成年礼时穿上漂亮和服的样子，还带了照相机来……以后再也不会在这里举办成年礼了，都得去大桥的另一端。

不知道市政府怎么办？申请住民票和介护保险时，是不是和以前一样，可以在岛上办理？看来没闲工夫坐在这里流眼泪了。

典礼结束，刚走到大厅，手机就响了。是美香子吗？是不是母亲又说了一些莫名其妙的话？但手机上显示的是一个陌生的号码，可能是白天照护的帮佣，我向来懒得随时记录电话号码，这种时候就很伤脑筋。我按下了通话键。

“喂？是我。你也会参加下午场吧？”

“姐姐！你怎么知道我的手机号码？”

“我打电话去家里，问你女儿的。美香子已经是高中生了？对了，我们一起吃午餐，我就在自动贩卖机旁。”

和昨晚一样，姐姐不等我回答，就挂了电话。自动贩卖机就在市民会馆入口旁。我走过去，发现姐姐被几个高中生包围，有人要求握手，有人用手机拍照。她一看到我，优雅地挥了挥手，对女高中生说了声“我还有事”，向我走了过来。

“她们说是我的粉丝，说岛上没有书店，只能上网订书。丸井书店倒了吗？”

二十五年没见面，一开口竟然说这种话。我太惊讶了，什么话都没说，自顾自地走去外面的停车场。我的小客车停在那里。

“你会开车？也对，因为这里没有车子寸步难行。”

我仍然不理她，但姐姐毫不在意，坐进了副驾驶座。

“要去哪里？我看到旅游导览书上介绍了这里的拉面地图，拉面什么时候变成这里的名产了？”

她回故乡，居然还去买旅游导览书？

“七八年前吧。虽然不至于难吃，但我今天没有为妈准备午餐，如果你不会感到愧疚，就回家一起吃吧？”

“如果我拒绝，你就会认为我心怀愧疚，我当然回去啊。干脆我来下厨？”

“不必了，怎么可能让已经离家的人进厨房？”

“那就让你请啰。”

姐姐呵呵地笑了起来，我完全不知道有什么好笑的。相隔二十五年回到被自己抛弃的老家，和母亲重逢，不会感到紧张吗？还是她误以为，即使二十五年完全不联络，家人也会欢迎已经成为知名作家的她？

没想到，她真的大受欢迎。

不光是美香子，就连平时从来不帮忙做家务的老公也一下子说要啤酒，一下子说要下酒菜，忙碌地在客厅和厨房之间走来走去。

我很快做好了天妇罗素面放在餐桌上，把母亲从隔壁房间带过来。我在车上告诉姐姐母亲出现了失智症的症状，听到她只是“嗯”了一声，我差点想停下车，把她踹下去，但我想姐姐应该无法想象是什么状况。

母亲认得姐姐吗？

“哎哟，你回来了。”

母亲一看到姐姐，立刻露出笑容，好像她刚散步回来。姐姐忍不住倒吸了一口气，随即若无其事地回答：“我回来了。”

原以为吃多了城市美食的她会挑剔，没想到她津津有味地吃着天妇罗，称赞说：“你炸得很脆。”不知道是否因为看到姐姐回来很高兴，向来胃口很小的母亲也心情愉快地把素面全部吃完了。

“阿姨，你住在东京吗？好羡慕啊。”

美香子对姐姐说。她之前就在为考大学的事和我争执，该不会打算和姐姐商量吧？

“美香子已经上高三了吗？不管是东京还是大阪，想去哪里就去啊。我当年也是你这个年纪时离开这里的。”

“姐姐，别教坏她。”

“我又不是叫她和别人私奔，而是说，她可以去那里读大学或是工作。”

“看吧，阿姨也这么说。”

美香子看到有姐姐撑腰，立刻咄咄逼人地说。

“美香子，你妈妈反对吗？”

“对啊，我想考东京的女子大学，爸爸和妈妈都叫我考本县的大学。”

“为什么？”

“爸爸妈妈说城市很危险，还说新闻曾经报道，东京的大学生遭人杀害，还有人持有大麻，所以不同意我去。又不是每个人都会遇到这种事。”

“真受不了。我去年写的小说中，让其中一个角色说了类似美香子刚才说的话，结果还被和我一起在电视上对谈的作家嘲笑，问我写的是哪一个时代的事。我回敬她说，我设定的故事背景是在二十年前。没想到现在还有人说这种话。”

姐姐哈哈大笑起来。

“但的确有这种事发生啊，而且，美香子以后想当老师，根本不需要背井离乡。这个话题就到此为止吧。”

我特别加强了语气，不希望外人继续插嘴，没想到姐姐丝毫不以为意，转头看着美香子。

“美香子，你妈妈是不是问你，为什么想读大学？如果没有明确的理由，不需要读大学，对不对？”

美香子点着头。虽然我不知道姐姐怎么会知道得这么清楚，但我的确说过这些话，所以腋下忍不住冒着冷汗。

“即使大人这么问，小孩子对未来的事也没有明确的想法；但很想读大学，如果可以，希望以后去城市，于是，最好的方法就是列举出非要读大学才能从事的行业，所以你才会说想要当老师吧？”

美香子听了姐姐的话，“嗯、嗯”地拼命点头。原来是这样，原来她这么想离开这里。姐姐又转头看着我说：

“她根本还不知道有哪些选项。如果现在要你马上说出自己可能会从事的三十种职业，你能够立刻答出来吗？我以前在这里的时候，做梦都不可能想到自己会当作家。但是，当走进一个周围有很多人的城市，就会看到有人在稿纸上写文章投稿，了解原来还有这个选项。美香子也许在了解到有各种不同的选项之后，仍然想要当老师，但也可能发现其他想要从事的行业。为了让她寻找各种可能性，你也应该让她出去看一下，东京并没有像你想象中的那么危险。”

“我不了解城市的事，高中毕业后，就去农协上班，然后结婚生子，一直都住在岛上。你口口声声说选项、选项，自己却丢下妈妈离家出走，在外面为所欲为，刚好获得了成功，就这么了不起吗？我也……”

我完全忘了母亲也在场。她没有完全糊涂，只是并没有在意我们的谈话，一边吃着南瓜天妇罗，一边嘀咕着今年的雨下得真少。

“什么？如果我留下，你就会离开吗？还是妈妈拜托你留在岛上？不是这么一回事吧？这是你自己的选择。我并不是说，离开就是好，留下就是不好。无论是离开还是留下，都有各自的原因。有人想离开而离开，有人想留下却不得不离开，有人离开之后又回来，也有人不想离开而留下，更有人想要离开却无法离开。有些人即使被人在背后说三道四，被人恶整，也只能在从小长大的地方生存……”

最后一种人说的是母亲。

“我在毕业找工作时从本岛来到白网岛，至今已经住了二十三年，我从来不觉得这里是乡下，也从来没觉得不方便。我去东京出差过几次，只要去东京的郊区，就会发现和这里相差无几，所以，我认为没必要特地花钱去那么远的地方，才会赞成我太太的意见。”

我老公表达了意见。我没想到向来沉默寡言的老公会在女儿升学的事上支持我，也第一次知道他建议女儿读本县大学的理由和我不一样，更不知道他有这些想法。姐姐一脸了然地点着头。

“是啊，但美香子并不是一辈子离开这里，她也会和你有相同的想法，在大学毕业后回来工作。包括这一点在内，难道不希望她有更多选择吗？她可以利用暑假去学校参观一下，到时候也可以来我家住。”

姐姐从皮包里拿出记事本，嘀咕着“我记得放在这里”，从封套的折口内拿出一张名片交给我老公。

“我的多管闲事到此为止，其实我也不觉得东京有这么好……啊，已经一点多了，原本想喝杯咖啡，那就赶快收拾一下，要去参加下午场了。”

姐姐利落地开始收拾碗盘。“这只炸虾给我吃。”她伸手抓起母亲剩下的炸虾的尾巴，放进嘴里。

“对了，下午场是在户外举行，带上阳伞比较好。”

她这样对我说。区长之前对我说，下午场以来宾为主，我可以不用去，看来我除了送她去会场以外，还得出席下午场。

下午场的地点就在我家的橘园“国道”所在的地方。

二十五年前，为了建造模仿比萨斜塔的地标，市政府向我们收购了四分之一的土地，剩下的四分之三在十年前整地后出售，五年前建了便利商店。

我把车子停在便利商店的停车场，旁边停了一辆小型起重机，姐姐露出讶异的眼神四处张望。她以前痛恨“国道”，但看到“国道”消失，心情还是会很复杂吗？

建造那个地标时，母亲、姐姐和我一起参加了开工动土典礼，但这次和我家没有关系，所以我认为姐姐和我根本没必要出席，姐姐却带着我理所当然地走去斜塔前座位区的最前排座位坐了下来。

"好久不见。"

一个熟悉的声音向姐姐打了招呼后，在她身旁坐了下来。是宫下邦和。姐姐也镇定自若地回答："好久不见。"

"因为工作没做完，所以上午场没办法出席，总算赶上了下午场。你是不是因为看到邀请函上写着下午场在这里举行，才特地回来的？"

邦和对姐姐说。他的语气不像是对在高中毕业前就和一个来路不明的男人私奔、离开这个岛屿的老同学说话。我竖起了耳朵，但姐姐闷不吭声。

"放心吧，别在意停车场的起重机，我只是来换广告牌。"

我完全听不懂邦和在说什么，但姐姐似乎松了一口气。

"既然你知道，为什么不联络我？"

"我被你甩了两次，没必要这么做吧。"

"你结婚了吗？"

"结了，有一个儿子、一个女儿。我老婆是你的书迷，经常从报纸和杂志上剪一些关于你的消息给我看，我才不想看呢。"

"看来她是个好人，你该庆幸没有和我在一起。"

"别说这种话。早就过了时效吧？"

"虽然你十五年前也用这句话向我求婚，但就好像逃到国外的时间不计算在内，所以时效还没过。"

"国外……"

"但是，很谢谢你。如果没有那四年，就没有今天的我，我很感谢你，就当作我今天回来是为了对你说这句话。"

“结婚呢？”

“还没决定要嫁给谁。”

姐姐用欢快的语气说完后站了起来，拉住了我的手。

“这里不能撑阳伞，我们坐去后面。”

我看着宫下邦和。他们的对话是怎么回事？难道姐姐是暗示我这个电灯泡走开吗？但邦和一派轻松地注视着眼前的斜塔，姐姐已经坐在最后排撑着阳伞。

我慌忙追了上去。

“叽——”接触不良的扩音器发出刺耳的声音。

白纲岛市闭幕典礼下午场现在开始。

在专业女主持人的宣布下，在合并的同时结束任期的市长继上午场之后，再度滔滔不绝地致辞。但是，我一个字也听不进去，姐姐和宫下邦和刚才的对话一次又一次在我脑海中浮现。

二十五年来，姐姐完全没有和家人联络，但似乎和邦和有来往。

邦和刚才提到“时效”，是针对什么的时效？

会不会是指和健一私奔的事？

对曾经喜欢姐姐的邦和来说，那是无法轻易原谅的“罪”吗？姐姐做的事对我家来说也是滔天大罪，但之所以无法大声指责她，是因为她的私奔是母亲造成的。

自称二十岁的健一当时正在流浪旅行，沿途搭便车来到白纲岛后，独自走在国道上。口渴的他看到了橘子园，于是走进园内，想要买些橘子解渴，看到母亲独自在园内采收橘子，健一对母亲说，他愿意帮忙做事，交换一些橘子。母亲对他说，不必帮忙，想拿多少就拿多少，然后把橘子装在塑料袋里送给他。健一说，他很想试试采收橘子，于是母亲就让他留下来帮忙。当天晚上，他在我家吃了晚餐，又住了一晚，翌日再度和母亲一起去了橘子园。他连续住了半个月，有一天突然消失了。姐姐也跟着不见了。

现在回想起来，母亲怎么可以让一个素昧平生的男人进入父亲死后只有女人的家里！但健一彬彬有礼，感觉也很正派，而且很勤快，我记得那一年采收时特别轻松。

最重要的是，他谈论旅行的事很有趣。

因为容易晕车，旅行之于我非但不是娱乐，反而是酷刑，但就连我也忍不住想象着健一提到的陌生土地，不时陶醉不已，甚至听得笑了起来，也不时流下眼泪。一直希望离开岛屿的姐姐被健一口中的世界深深吸引也在情理之中。

“我和健一一起离开这里。”

看到姐姐留下的字条，母亲既没有流泪，也没有生气，只是淡淡地说了一句：

“姐姐是能够在更大的世界里生存的人。”

在姐姐离岛私奔的五年后，我在报纸的文化版上发现了姐姐的名字，得知她得了一家知名出版社主办的“文学新人奖”。我慌忙冲进附近的书店，买了刊登了她得奖作品的文艺杂志，上面有她的简历，虽然没有提到白纲岛，但一看照片，就知道是姐姐。

我给母亲看了照片，母亲泛着泪光，端详着照片良久。

既然报纸上已经登了，我期待姐姐会回家，或是寄书回来，但过了一年，仍然杳无音信，那次比她当初离家时更让我和母亲强烈地感受到她抛弃了故乡。

姐姐每年出版两本小说，大部分都被拍成电影或连续剧。

如果时效不是指私奔的事，从她离家出走到获得“新人奖”的这段时间，到底发生了什么事？她对邦和说“如果没有那四年”，应该就是指那段时间吧？邦和就读于东京知名大学，毕业后回到岛上继承家业。原来邦和读大学时，姐姐和他保持着联络。

健一去了哪里？

他们真的私奔了吗？

现在开始更换广告牌。

“叽咻——”扩音器再度传出刺耳的声音，让我的思考暂时停顿。模仿比萨斜塔的地标上镶了几块牌子，分别写着“欢迎光临白纲岛市”，两个身穿宫下土木工作服的男人分别用凿子和铁锤拆下了写了“市”的牌子。

身上挂着白纲岛小姐彩带的女人把一个黑色大托盘送到站在中央的市长面前。市长恭敬地取出后，高高举了起来，原来是写着“！”的牌子。

姐姐扑哧一声笑了出来，从皮包中拿出手帕掩住了嘴。不知道是不是失去出口的笑声在体内乱窜，她的后背剧烈颤抖，笑声也随着颤抖从手帕的缝隙中漏了出来。

周围的人不时瞥着姐姐，但姐姐丝毫不以为意，笑得眼泪都流了出来。我不知道该怎么帮她掩饰，只好用手肘戳她的腰。

市长高举牌子时，宫下土木的两个人在拆下广告牌的位置涂上不知道是白色水泥还是硅胶的东西。

扩音器中传来俗气的进行曲，市长高举着牌子走到斜塔前，把牌子镶进了斜塔上的凹洞。

“欢迎光临白纲岛！”

我忍不住笑了出来，但只有我们两姐妹在笑，我慌忙低下头，姐姐把手帕塞进我的手里，然后站了起来，用力鼓掌。邦和也站了起来，周围的人也纷纷起立，会场内充满了掌声和喝彩。

大家都站立着，面对前方鼓掌，宫下邦和回头看着姐姐，笑着向她点了点头。姐姐也对邦和笑了笑，但我觉得她好像在哭。

白纲岛市闭幕典礼下午场到此结束。

接下来有什么打算？我问姐姐。她回答，她马上回东京，要我送她去车站。我忍不住责备她，至少应该再回家一趟，向母亲好好打声招呼。她却说，不必了。

我无可奈何地走向车子，想从皮包里拿出车钥匙时，发现一早就设成静音的手机在闪烁。打开一看，发现是美香子发来的短信。

“姐姐，你把记事本忘在家里了。”

姐姐惊叫了一声，只好和我一起回家。和姐姐并排坐在狭小的空间内，刚才暂停的思考再度急速启动。

“你和健一后来怎么样了？”

因为不必正视姐姐，我乘机不经意地问道。

“不到三个月，他就另结新欢离开我了。”

“那你为什么不回来？”

“好不容易离开了，还要再回来？健一并不重要，他只是一个契机而已。”

“之后你和宫下交往了吗？”

“啊，你刚才听到了吗？对啊，我虽然没办法读大学，但他的大学同学经常在他住的地方聚会，所以我也加入了他们。其中有一个同学参加了文艺同好会，经常写小说，他曾经把他写的小说给我看，我看了之后想，这种程度的小说我也会写，所以就在当服务生之余写小说，一直到现在。”

“我们很担心你，而且大家都因为你私奔的事，在背后闲言闲语，没想到你倒是过得很开心。”

我以为姐姐会道歉，没想到她看向窗外不发一语。“啊，铃兰倒闭了。”她突然说出十多年前倒闭的咖啡店名，叹了一口气。

“你没有和妈妈或我联络，却通知了宫下？”

“只是刚好遇到。”

“如果在岛上还有可能，在那么大的东京遇到？”

姐姐仍然没有回答我的问题。

“你没有想过要和宫下一起回来吗？”

“他在大学毕业时，也曾经这么对我说，但我做不到。谁想要回到这种双手双脚被绑住、被人乱剪头发的地方？”

这次轮到我说不出话。姐姐果然不只是因为向往都市生活才离开这里的。但是，那时她离高中毕业只剩下三个月，为什么不等到毕业后再去呢？

姐姐原本打算毕业后就去找工作，但夏天的时候，母亲对姐姐说，会有一笔钱进来，可以让她上大学，所以她突然开始用功读书。

我之前为什么都没想到这些事？

“健一真的离开了这座岛屿吗？”

我问了一度在脑海中打消的疑问。因为没有人能够保证我下次还有机会见到姐姐，不管是蠢问题还是笨问题，只要想到了，就应该把握机会问清楚。

“难怪你在典礼的时候露出很多不同的表情，原来在想这些事。你从小就很内向，但很容易从一些小事上发现破绽，然后一直深入进去。你可以考虑创作，即使从现在开始也不迟……如果健一没有离开这座岛屿，那他到底去了哪里？”

“比萨斜塔的下方。”

姐姐离开时，比萨斜塔刚完成基础工程，我和母亲两个人去剩下的“国道”采收橘子时，看着斜塔渐渐建起。每次都会看到宫下邦和，但他没有再送我巧克力，也没有再找我说话。

“他为什么会在那里？难道那里有地下防空洞，健一住在那里吗？”

“不，他被杀了，然后埋在那里……被你杀的，所以，你这次也许是担心斜塔会被拆除，所以才特地赶回来。”

“真可怕的想象。健一个子高大，也很壮硕，我怎么可能一个人埋他？”

“找宫下帮忙。”

“原来如此。那我杀他的动机是什么？”

“比方说，他试图攻击你，诸如此类的。”

虽然我觉得健一是健康清新的好青年，但没有人能够保证这种事不会发生。

“你知道我这二十五年为什么不回来了吧？因为你太可怕了，三两下就把事情拆穿了。”

我忍不住踩下刹车，如果在大城市，恐怕会造成连环车祸吧。我把车子停在路肩。

“怎么了？不是快到家了吗？”

姐姐若无其事地看着我。

“真的吗？”

我不能就这样回家。刚才只是信口开河，想到什么就说什么，没想到姐姐竟然肯定了我的猜想。我希望她扑哧一声笑出来，笑着对我说：“你当真了？”但是，姐姐只是重重地叹了一口气。

“只有动机说错了。虽然也可以当作是他攻击我，但事到如今，我就实话实说了。健一当初会去橘子园向妈妈搭讪，然后住在我们家，就是为了钱。当时家里不是卖掉了‘国道’的一部分土地吗？只是那么一小片土地，就卖了足以买一栋房子的钱。那时候的白纲岛真的很有钱，但也有人心生忌妒。让健一搭便车来的大叔驶下交流道后对健一说，只不过这么一小块地，就卖了几千万日元，他告诉健一的数字是实际金额的三倍。”

“你怎么知道？”

“那天我正在用功读书准备考大学，半夜听到窸窸窣窣的声音，我悄悄走出房间察看，发现健一正在佛桌下方的抽屉里翻东西。他发现了我。你知道他对我说什么吗？他叫我跟他一起走，他就让我自由。他手上拿着别人的存折，竟然说这种话，不是太离谱了吗？我问他怎么会知道钱的事，他就滔滔不绝地说了起来。我忍不住想，一旦钱被他拿走，就会带走我的自由，于是就用菜刀捅了他。”

“哪来的菜刀？”

“听到半夜有动静，我怎么可能空手去察看？遭到霸凌的人自我防卫能力很强，其他的就像你说的那样。邦和是我唯一的朋友。我原本打算把尸体埋在‘国道’，但担心被妈妈不小心挖出来，所以决定把斜塔的地基掀起来，埋在下面。邦和叫我赶快逃，他送我去车站时说，他春天就会去读大学，到时候再见面。”

“所以你就带着存折逃走了？”

姐姐默默点头。

“你竟然说得轻描淡写……你觉得自己很可怜吗？你根本没有吃任何苦啊。我原本打算去岛外读大学，但想到家里没有钱，所以我一直告诉自己，离开岛屿会很可怕，每次在新闻报道中看到可怕的新闻，就告诉自己，果然很可怕，久而久之，就真的不敢离开这里了。都是你的错！”

我趴在方向盘上放声大哭起来。

“……对不起。”

我听到姐姐小声地说，但我不知道姐姐脸上是怎样的表情，也不想看。

下车后，看到院子里冒着烟。我以为母亲又闯祸了，急忙跑回家，发现老公和美香子正在烧送火[1]。他们手忙脚乱了半天，我只看到很多烧焦的报纸，烧送火用的木柴只被稍微熏黑而已，几乎没有烧起来。

“等天气稍微凉一点再烧吧。”

“因为外婆一直在问，为什么还不烧送火。”

抬头一看，发现母亲坐在檐廊上。今天早上，她还叫我烧迎火。

“是不是木柴受潮了？根本点不着啊。”

美香子不满地说。

“这样怎么可能点得着呢？”

姐姐蹲在美香子身旁，把报纸卷起后点了火。

“要像这样，让里面有点空气才行。”

姐姐灵巧地捞起二十厘米长的细长木柴，转眼间就点着了火。红色的火焰烧得很旺，木柴发出噼噼啪啪的声音。

“你要学会生火，以后去烤肉派队时，就可以嘲笑那些想要让你吃没烤熟的肉的男生了。”

---

[1] 盂兰盆节回来的祖先的灵魂会和活人一起生活四天，八月十六日再点燃送火把祖先的灵魂送回阴间。

姐姐对美香子说完后，哈哈大笑起来。我从檐廊走进客厅，拿了姐姐放在桌子上的记事本，不发一语地递到正看着送火的姐姐面前，示意她赶快离开。

“哦，谢谢。”

姐姐很镇定地接过记事本，放在腿上，然后似乎想到了什么，翻开记事本，从封套折口拿出一张很旧的纸，丢进了火里。

那是花卉图案的巧克力包装纸。当我发现时，已经烧成了灰。

我没有再和姐姐说一句话，老公和美香子送她去了车站。

我打算把火柴放回佛桌的小盒子里，突然很在意下方的抽屉。从我懂事的时候开始，母亲就对我说，绝对不能碰这个抽屉，因为里面放了重要的东西。我遵守了将近四十年，但此刻确认母亲不在附近，我缓缓地拉出已经生了锈的金属把手。一阵霉味扑鼻而来。

我以为里面放了房子的地契和房契，没想到看到了父亲的通信录。我惊讶地想，难道这就是重要的东西？但随即在下面看到了地契和房契，以及更下面的存折。

泛黄的存折封面上写着母亲的名字，打开一看，上面是二十五年前的日期。九月一日汇入了八百万日元，之后完全没有任何记录。这应该是市政府收购“国道”的一部分土地时汇入的收购金吧？

既然这样，为什么会在这里？不是被姐姐带走了吗？

姐姐今天应该没有时间把存折放回这里。

如果一直放在这里，母亲为什么没有动用这笔钱？

“妹妹。”

母亲在叫我。如果她知道我正在做的事，一定会骂我，所以我慌忙把抽屉关了起来，去洗手台洗了手，走进母亲的房间。坐在和室椅上看电视的母亲转过头说：

“差不多该烧送火了吧？”

“刚才不是烧过了吗？”

“小姐和少爷都笨手笨脚，烧了半天都没烧起来。”

小姐和少爷是指美香子和我老公。

“之后姐姐不是点了火吗？”

“姐姐怎么可能在家里？”

“你在说什么啊，中午不是一起吃了午餐吗？”

“那是作家桂木笙子，连我剩下的炸虾都吃了。虽然很贪吃，但个性很爽朗。我想起来了，她的确帮忙烧了火。我想起来了，想起来了。”

母亲心满意足地点着头。

“桂木笙子就是姐姐啊。”

“不，你姐姐没回来，她背负了我犯下的罪离开了，因为我的关系……”

母亲的肩膀颤抖着，抽抽搭搭地哭了起来。我抚摩着她的背。

“妈妈，姐姐回来了，不是还对你说‘我回来了’？姐姐不是对你说‘我回来了’吗？”

我安抚着母亲，无法判断她刚才说的话到底是真相，还是她的妄想。我要向姐姐确认这件事。也许打电话给美香子还来得及。不，不行。

那不是妄想。母亲还没有走得太远。当初应该是母亲杀了健一，姐姐看到之后，就自己承担下来，然后向邦和求助，伪装成私奔。

这才是姐姐离开岛屿真正的理由。一定是这样。

既然姐姐要继续完成自己的使命，那默默送她离开就是我的使命。

再见，姐姐。

海星星

下班回到家，坐在餐桌旁，儿子还在吃饭。已经多久没有和他一起吃晚餐了?

不久之前，他还在用儿童塑胶碗和塑胶盘子，饭菜和佛桌上的供品分量差不多，但也要花半天的时间才勉强吃完。如今，已经当了半年一年级生的他，面前放着和其他家人一样的陶器饭碗，碗里的饭也和太太的分量差不多。

他升上小学时，我和太太曾经担心他胃口这么小，在学校吃营养午餐会不会有问题，这种担心显然是杞人忧天。

之前即使帮他剔除鱼骨，他也不喜欢吃鱼肉，没想到现在自己用筷子夹起带鱼骨的鱼，还吃得津津有味，只是把鱼捣得有点烂。即使不小心把鱼骨吃了进去，也不会皱起眉头，而是灵巧地用一只手从刚掉的门牙缝隙里把鱼骨拿出来。虽然指尖因为沾到汤汁而发黏，但今天晚上不必为这种事数落他。我也拿起了筷子。

用海鲜加香草同煮的意式水煮鱼是太太的拿手菜之一。

她是我的同事，第一次邀请我去她家时，就亲手做了这道菜请我吃。

“虽然我铆足全力做了这道菜，但完全忘了你是在濑户内海的岛屿长大的。你应该经常吃各种美味的鱼料理，对这道菜的评分可能会很严格。”

她不安地说完，为我把意式水煮鱼装到白色的盘子里。

我的确吃过不少美味的生鱼片和寿司，而且从小家里的晚餐餐桌上鱼和肉的比例差不多是八比二，不，应该是九比一，所以鱼类和海鲜我早就吃腻了。外食的时候，我从来没有主动点过鱼。

但是，我从来没听过这道名字听起来很新潮的菜，也是第一次尝到这种味道，不由得惊叹原来鱼还可以这么煮，也诚实地把内心的感想告诉了她。

结婚之后，她每个月都会煮一次这道菜，只是之前她煮这道菜时，都是用鲷鱼、鲈鱼这些白肉鱼，今天用的是没有剔除鱼骨的小竹筴鱼。

“这么小的鱼，吃再多也饱不了肚子吧？”

大叔粗声粗气的说话声音在脑海深处响起。我放下手上的筷子，拿起了啤酒杯。

“啊啊，这么快……”

不知道为什么，儿子发出失望的声音。

“嗯？太一，怎么了？”

“你赶快吃意式水煮鱼啊，这些鱼是我钓的。”

这是怎么回事？我看着太太。太太告诉我，儿子白天跟着住在同一个公寓的小学同学一家人去钓鱼。难怪他不厌其烦地吃着有很多鱼刺的鱼。儿子一脸得意地看着我。

“我一个人钓了二十条，最后一次钓起了三条。”

“啊，是用鱼皮假饵吗？”

“是啊，用了鱼皮假饵。爸爸，你以前也钓过鱼吗？”

“小时候。”

“你有自己的钓竿吗？”

“有啊，虽然是旧的。”

“真好，爸爸，下次帮我买根钓竿。”

他的同学有一根帅气的蓝色钓竿，儿子今天去钓具店用一天五百日元的租金租了一根竹钓竿。虽然儿子比他的同学多钓了三条鱼，但还是很羡慕同学的帅气钓竿。

“今天钓了一天，应该很满足了吧。钓鱼这种事，每年最多钓一次，所以才好玩啊。”

我并不是舍不得花钱帮他买钓竿。

“才不是呢。而且，下次我想跟你一起去，可以吗？”

儿子一脸期待地问，但老实说，我受够了钓鱼这件事。

“好啊，如果有办法请假……”

儿子顿时露出失望的表情。并不是只有钓鱼这件事而已，我这个从事服务业的爸爸，很难排在周六、周日休假。虽然儿子能够理解这件事，但还是不太能接受，也许他已经隐约察觉到，爸爸的这句话是为了爽约留下伏笔。

“爸爸和太一都赶快吃吧。”

太太露出苦笑，似乎早就习以为常，用开朗的声音催促我们。

我吃着小竹筴鱼，频频说着“好吃、好吃”，试图弥补内心的愧疚。然后我猛然发现，即使换了一个很新潮的菜名，如鲠在喉的感觉依然没变。

在岛上的生活突然浮现在脑海。

我和我妈两个人孤单地坐在餐桌旁。然后，再度听到大叔粗犷的声音……

不知道是否有所谓的“肉眼看不见的连锁”，吃了小竹筴鱼的三天后，我下班回到家，在儿子上床睡觉后，太太递给我一张明信片。寄信人是真野美咲，我在岛上读书时的同学。

滨崎，好久不见。最近还好吗？我从岛本那里打听到你的地址。下周因为工作关系（我目前是小学老师）将去东京，不知是否能够抽空见面？关于爸爸的事，我有话要告诉你，希望你可以安排时间和我见面，哪怕只是短暂的一下也无妨。等你的联络。

她的住址仍然没变，而且还留了手机号码。她不是写信，而是用明信片联络我，很有她的风格。她一定从岛本口中得知我已结婚，所以努力避免引起我太太不必要的怀疑。

太太虽然不会检查我的手机，但似乎对不是新年期间却有女人寄明信片到家里感到好奇，所以已经看了内容。

“她是你以前的女朋友？”

太太试探地问我。如果对方有这种想法，一定会写信，或是向岛本打听我的电子信箱。

“是我高中同学，比起她，我和她爸爸更熟……不，是有一段时间接触比较频繁。”

“难怪她在明信片上写‘爸爸的事’。”

太太点了点头，终于放心了，她似乎很在意这件事。关于以前在岛上的生活，我只是简单地告诉她，我爸失踪后，我和我妈两人过着贫困的生活。因为我觉得没有什么值得一提的事，她虽然很想深入了解，但或许对“失踪”这两个字有所顾忌，所以并没有追问。

小竹筴鱼让我想起了大叔粗犷的声音，但在此之前，先说说我爸的事。

在我上小学六年级的秋天，我爸失踪了。吃完晚餐，九点多时，他说要去买烟，出门之后，直到隔天早上都没有回来。

会不会发生意外了？虽然我很担心，但第二天还是照样去上学，回家的时候，满心期待着一打开门，就可以看到我爸，却不见我爸的身影。我妈当天就去报警，但没有听说附近发生了什么意外。

我妈打电话给亲戚和我爸工作的造船厂，都没有打听到任何消息，我妈挂上电话时，故意大声地说，不知道是怎么回事啊。

“搞不好附近的 Cherry 牌香烟卖完了，去远处的自动贩卖机的时候，不小心跌倒在橘子园旁边。”

我妈说完，穿上了大衣，催促我也穿上夹克，在和我爸前一天离家相同的时间，一起出门去找我爸。

我们住在低矮的山麓下，走出家门后，继续下山走到平时我爸去买烟的那家海岸路上的酒铺的自动贩卖机处，然后，又去了其他几个有自动贩卖机的地方，在镇内绕了一周。位于岛屿北侧的海边小镇地方并不大（尽管我是在第二次婴儿潮期间出生的，但小学的每个学年只有一个班级），所以即使沿途确认了橘子园和侧沟，也只花了不到一个小时。

我们没有找到我爸，也没有看到有人倒在路旁的痕迹。我和我妈两个人走在海岸旁的国道上，发现有几对情侣等间隔地坐在栈桥前方的堤防上。

大家都把车子停在栈桥旁的空地上，来这里看刚落成的白纲岛大桥。

外形像彩虹的吊桥上并没有点灯，只有道路桥上等间隔的白色路灯照亮而已，但浮在海面上的光带在乡下人眼中已然是充满幻想的灯光效果。

“大桥真漂亮。”

我看着大桥说。我妈回答，好像项链一样。但我们都没有停下脚步。我不知道当时我妈在想什么，但我看着那座桥，突然感到不安，担心我爸去了大桥的另一端，所以不敢多看。

只要我爸还在岛上，早晚会回来，但如果他走到桥的那一端，就不会再回来了。虽然现在知道，白纲岛大桥只是连接邻岛的大桥而已，当时也曾经几次从那座大桥前往本岛；但仍然忍不住觉得，悬在夜空中的日本最长吊桥的另一端，是一个未知的、充满魅力的城市。

隔天晚上九点，我妈和我再度沿着相同的路径走了一圈。第三天、第四天的晚上也出了门，但与其说是出门找我爸，不如说更像百度参拜[1]的仪式。

我们在走路的同时做的唯一一件有意义的事，就是在我爸失踪的一个星期后，在电线杆和布告栏上贴了寻人启事，上面有我爸的照片和当天穿的衣服等特征。那是我妈所属的町内会妇女部帮忙制作的，一方面是因为我妈个性开朗，另一方面，当时的时代也充满互助精神，所以大家都愿意帮忙。

当时也以消防队为中心，动员了全町的人一起去找我爸。

我爸向来沉默寡言，但在衣着方面很讲究，经常喜欢穿有图案的衬衫。失踪的那天，他穿了一件有长颈鹿图案的红色衬衫。我爸曾经说，这件衬衫的主题是夕阳西沉的非洲大地。参加儿童会举办的亲子远足去动物园时，他也穿了这件衬衫，所以加洗了当时拍的照片，贴在寻人启事上。

“如果是陌生人看了，可能会把他当成黑道兄弟。”

我妈看着寻人启事苦笑着说，随即又接着说，但这样也许比较容易找到。当时的连续剧中经常有丧失记忆的剧情，我妈一脸正色地对妇女部的人说，我爸可能发生意外丧失了记忆，不知道走去哪里了。听的人也觉得很有可能，因为我家没车，他们就帮忙开车在整个岛上以及邻岛到处张贴寻人启事。

因为白纲岛大桥的车道下方还有一层道路，所以可以徒步过桥。

---

[1] 在神社或寺庙内的一定距离来回走一百次祈愿的仪式称为百度参拜。

但并不是每个人都那么亲切善良。

如果是现在，就会在寻人启事上留下附近警局的地址和电话，但当时理所当然地写了我家的地址和电话。或许是这个原因，我们曾经多次接到一个感觉像是绑匪勒索赎款、听不出是男是女的模糊声音打来电话说："滨崎秀夫已经死了。"也好几次收到没写寄件人名字但内容相似的信。

我们并不是完全没有想到我爸已经死了的可能性。因为没有任何意外的迹象，我妈家的亲戚虽然觉得于心不忍，但还是觉得该有人提醒一下，所以难以启齿地问，爸爸会不会自杀了。我听到时，忍不住流着泪想，八成是这样。

但是，我妈不愿意承认这一点。

"他不可能自杀，因为根本没理由。他既没有欠钱，也没有生病，还和洋平约定，要一起去东京梦幻乐园。"

我妈斩钉截铁地说，然后把亲戚赶出了家门。只要有人说我爸死了，我妈就和对方断绝关系，每天晚上继续在镇上寻找。

"你也陪你妈妈一起去吗？"

我喝着啤酒，停顿了一下，默默听我说话的太太开了口。

"有差不多半年的时间，我每天晚上陪她去，但渐渐就不再去了，到了初中二年级之后，就完全不去了。"

"青春期的时候会觉得和妈妈一起去散步很丢脸。"

虽然一方面也是因为年龄的关系，但应该还另有原因。

"不，我想八成是因为大叔的关系。"

我再度拿起美咲寄来的明信片。关于爸爸的事……事到如今，她想告诉我关于大叔的什么事?

我爸失踪的翌月，我妈开始去一家综合医院当清洁工。

要是我爸死了，至少可以领到一些保险金；但失踪的话，不仅领不到任何钱，还少了我爸在公司上班的那份收入。

我妈短大毕业后立刻结婚，成为家庭主妇，完全没有工作经验;但现在她从清晨就出门上全天班，假日时也去农家或蔬菜收购站帮忙。只要有人介绍工作，她就去上工赚钱。

因此，假日的时候，我通常都独自在家。虽然并不是没有同学陪我玩，但升上六年级后，很多同学星期六下午和星期天上午都要去补习班，我整天无所事事。

我知道我家没钱让我去读补习班，因为每个月拿营养午餐费的信封袋回家时，我妈几乎每次都跟我说，后天就发薪水了，让我去跟老师说，再等两天就会缴。再加上我妈经常很忙，晚餐有时候只吃面包或是乌冬面。

看到我妈每天从早工作到晚，我知道自己不可以抱怨，至少应该自己准备晚餐；但是做晚餐必须有食材，虽然我妈每天会在桌子上放三百日元给我买面包，但三百日元能够买的食材相当有限。

于是，我想到一个好主意：可以去钓鱼。

我不太喜欢钓鱼，小时候和我爸一起去钓鱼时，钓钩曾经刺进我的大腿，让我吃足了苦头，但现在长大了，应该不会有问题。我从户外的储藏柜中找出我爸以前使用的钓竿，去了海岸路上的钓具店。

“我不想钓大鱼，但希望多钓几条鱼。”我对钓具店老板说。老板给了我假饵钓钩和鱼饵，我记得两样东西总共两百日元。

买完之后，我走去堤防。才把钓线放进水里，就有两条小竹筴鱼上了钩。每次一放下去，就有鱼上钩，钓了一条又一条。钓鱼的地方离我家很近，我很懊恼为什么之前都没有想到这件事。

堤防上有很多来自岛外的钓客，听说这里是钓鱼杂志也介绍过的知名钓场，这种地方往往是住在附近的人反而不知道。

我钓了五十条小竹筴鱼回到家，我妈已经下班回来了，看到我钓的鱼，简直又惊又喜。

我妈教我刮鱼鳞、去鱼头、取出内脏，我们一起站在厨房里，做了一大盘炸竹筴鱼。由于竹筴鱼太小，无法顺着鱼骨将鱼肉片下，所以就连骨一起裹上面衣。我把刚炸好的鱼蘸上美乃滋放进嘴里，连叫着烫，但好吃得快要流泪了。

虽然有些小鱼刺留在嘴里，但只要拿出来就好了。

我妈也连声说好吃。

那天晚上，我和我妈散步时，指着堤防的方向告诉她，就是在那里钓的鱼。于是我们改变原本的路线，走去堤防。

“洋平，来喝果汁。”

我妈在酒铺的自动贩卖机前停下脚步，从大衣口袋里拿出零钱，投进细长形的投币孔。我看着发出淡光的按键，不知道该选哪一种果汁。我妈可能不会帮自己买，所以最好挑选可以一起喝的果汁。她不喜欢喝碳酸饮料，所以选苹果汁吧。

我这么想着，伸出手时，我妈抢先伸出了手。只听到“哐啷”一声，罐子掉到取出口的声音。是我最爱的葡萄汽水。

“小孩子不必想那么多。”

我妈说着，拿出汽水放在我手上，然后又为自己买了苹果汁。那天晚上，堤防上也有好几对情侣，但我妈站在一对情侣身旁，破坏了他们形成的等间隔，然后打开了果汁罐上的拉环。

我也打开拉环，然后看着桥。光带的另一端，是一片黑暗。

“爸爸买了烟之后，可能也来过这里抽烟。”

我妈抬头看着桥说。我觉得很有可能。地上有好几个烟蒂，旁边那对情侣中的男生也在抽烟，白天在这里钓鱼的人也几乎都抽烟。

长大之后，我仍然无法理解抽烟的乐趣，但眺望着静静的大海抽烟的感觉应该远远胜过在家里抽烟。葡萄汽水好喝得不得了。

“这么漂亮，想要去对面看看也在情理之中啊。”

我妈的眼中好像泛着泪光，但我决定认为那是眼睛反射了海面的光，否则，我会放声大哭。我决定说个冷笑话。

“明天的竹筴鱼（滋味）是啥滋味[1]？”

我妈停顿了一下大笑起来，旁边那对情侣也跟着笑了起来。于是我知道，我们母子会继续等待我爸回来。虽然不是什么了不起的事，但我决定以后每个周末都来钓鱼。

每次钓到小竹筴鱼，隔天煎来吃，第三天再用加了葱姜的醋腌

[1] 日文中的“竹筴鱼”和“滋味”的发音相同，所以这句话为利用谐音的冷笑话。

成南蛮渍，连续三天都吃鱼，却百吃不腻。

我记得那是我开始钓鱼的第三个周末。

那天钓鱼时，鱼无法像第一次那样接二连三地主动上钩。钓了一个小时，水桶里只有五条小竹筴鱼。

“哎哟，怎么只钓到这么小的竹筴鱼？”

背后突然传来说话声，我回头一看，发现一个肩上挂着小冷藏箱的大叔探头看着我的水桶，一脸不屑的表情。我很生气，默默转头看向大海的方向再度垂钓起来。没想到大叔说：

“这么小的鱼，吃再多也饱不了肚子吧？放它们回大海，等它们长大之后，再把它们钓起来。”

说完，他拿起我的水桶，对着大海一倒。

“你在干什么？”

我简直气坏了。因为我钓鱼不是为了好玩，而是为晚餐加菜，但大叔并没有因为我大声吼叫就感到害怕。

“对不起，对不起，这个给你，代表我的歉意。”

大叔脸上却没有丝毫歉意，他打开冷藏箱，把里面的鱼都倒进了我的水桶，几乎都快漫出来了。那些都是又肥又大的竹筴鱼，差不多有二十厘米长。

“不管是炸着吃，还是吃生鱼片，都很赞哦。”

“但是，那么多……”

虽然我的自尊心受到了伤害，但没有勇气拒绝。当时我心里盘算着，他把我的五条小竹筴鱼丢进海里，我拿两条应该不成问题。

“你们可以全家一起吃。你和爷爷奶奶一起住吗？”

“没有。”

“有没有兄弟姐妹？”

“也没有。”

“那可以放进冰箱冷冻，晒成鱼干，或是把鱼肉片下来做成鱼松。不必客气，带回家吧。”

“哦……”

他用比我洪亮三倍的声音对我说，我只能顺从地答应，立刻开始收拾，然后拎着装得满满的水桶，没有向他道谢就逃回家了。

这是我和大叔——真野幸作的相识。

“听起来他这个人很不错啊。以前经常可以遇到这种人，我在放学回家的路上，也曾经有长辈送我自家院子里种出来的石榴。”

太太似乎对大叔的印象不错。可能是因为刚才流着泪听我说了我爸失踪的事，所以听到之后有人向我亲切地伸出援手，就觉得他是一个充满慈悲的人。但是，那个时候，大叔应该还不了解我家的状况。

“如果只有一两次，当然会很感激。虽然我对大叔送我那些竹筴鱼觉得有点奇怪，但我妈并不觉得有太大的问题，做出来的生鱼片和炸鱼都很好吃。”

把鱼肉沿着鱼骨片下来后切成两半做成的炸鱼肉质很厚实，我至今仍然记得一口咬下去时，满嘴的鱼香味。最令人开心的是不必在意小鱼刺，可以一起吃下去。生鱼片也很弹牙，却一下子就在舌尖融化了，简直就是极品的美味。

“他女儿会寄明信片给你，可见你们之间的接触不止那一次。”

“虽然我很希望只有那一次而已。”

或者说，不应该让他见到我妈。这样的话，也许两三次后，他就不会再找我了。

翌周周末，我在钓鱼时，大叔又来了。那天虽然没钓到几条竹筴鱼，却钓到不少小鲷鱼；所以即使我知道大叔走了过来，也没有丝毫地不高兴，也许我内心在等待他出现。

“啊，今天的成果不错嘛，抹点盐烤来吃很不错哦。”

我得意地笑了笑，大叔再度打开冷藏箱的盖子，里面放着大乌贼。

“这是莱氏拟乌贼，还活着呢。生鱼片的味道可赞了。你妈妈会杀乌贼吗？”

我家从来没吃过自己杀的乌贼生鱼片，看着浑身发出黑光的乌贼，我很怀疑我妈敢用她白皙的双手去摸。于是，我对着大叔摇了摇头。

“是吗？你家离这里近吗？”

我点了点头，没有吭气。

“好，那厨房借我用一下，我帮你杀。”

要去我家吗？我有点被吓到，但无法反抗他，只好收拾东西，带着他去我们租的平房。大叔沿途接二连三地问了我很多问题。

你今年几岁？读几年级？家里有什么人？喜欢钓鱼吗？功课

好吗?

我来不及仔细思考，就小声地回答了他提出的所有问题，也告诉他我和我妈相依为命的事。大叔走过电线杆时，瞥了一眼上面的寻人启事，但我觉得没必要告诉他那是我爸，所以就没有吭气。

大叔应了一声“是吗”，告诉我说，他也有一个和我相同年纪的女儿。我问他的女儿读哪个学校，然后问了不少问题，知道他住在岛屿南侧的镇上。

大叔住的小镇渔货量很丰富，我们学校上社会课时搭公交车去渔港参观过。清晨出去捕鱼的渔船刚好回港，渔船上不断卸下刚捕获的鲷鱼和鲭鱼。

“你是渔夫? 也会钓鱼吗?”

我发问后，才发现大叔并没有拿钓竿。

“我不是来钓鱼的。听说大桥落成之后，有很多钓客从外岛来到这里，我来这里做生意。因为钓客难得过大桥来，如果什么都没钓到会很遗憾，所以我就来这里卖鱼。”

“啊? 所以?”

“不必担心。我怎么会向小孩子要钱呢? 而且，今天大家的成果都不错，没必要向我买鱼，这些是卖不出去的。”

大叔说完，晒得黝黑的脸上露出豪爽的笑容。回到家里，我从后门带他来到厨房，他拿起架在流理台上的砧板和菜刀，动作利落地开始杀乌贼。

这时，我妈回来了，看到家里有陌生男人，忍不住愣了一下。我告诉她，就是上周送我竹筴鱼的大叔，我妈立刻彬彬有礼地向大叔道谢，说要付乌贼的钱。大叔坚持不肯收，两个人说着“一定要付”“我不能收”，争执了半天，最后，我妈似乎被大叔的大嗓门说服了，把蔬菜收购站送她的蘑菇转送给大叔，总算结束了争执。

没想到，那次之后，大叔每隔一周，就会来我家。

“他看上你妈妈了？”太太问。

“除此以外，还有什么可能？”

“对啊，我虽然只看过照片，但你妈妈真的很漂亮。”

我妈在我离开岛屿的第五年生病去世了，我在两年后结了婚。

“有大叔看到家里没有男主人，就居心叵测地三天两头来家里，你妈妈一定觉得很不舒服吧？”

“大叔在这方面做得很巧妙，起初都刻意保持距离，让我妈没办法拒绝他。”

即使送鱼上门时，也只是走进厨房而已，邀请他去客厅坐一下，他也绝对不会踏进客厅；倒茶给他时，他总是当场喝完，不多逗留就转身离开了。当我妈对他说，不好意思整天收这么贵的鱼时，他就连续好几次送他女儿烤的饼干和玛德琳蛋糕上门。

“我女儿迷上做糕点，但我们家里的人都不爱吃甜食，可不可以请你们帮忙吃？”既然大叔这么说，我妈当然不得不收下。花生饼干中使用的不是做糕点专用的花生，可能用了零食的花生，所以花生周围都是咸咸的。虽然我很喜欢这种味道，但一吃就知道不怎么高级。

我妈买了手帕之类的作为回礼后，大叔就送来更大的鲷鱼，所以和他之间的礼尚往来似乎没完没了。

“他真的是看上你妈妈了吗？我觉得只是一个亲切热心的大叔而已。”

“才不是你想的这样呢。他只有在我妈面前很客套，但经常问我很多关于我妈的事。”

我妈在家时，大叔总是很快就离开了，但家里只有我的时候，他常常一坐下来就赖着不走。不只是在家里，他曾经对我说，一直用鱼皮假饵很无聊，于是花了一整天的时间教我投钓。

在抛竿后等待鱼上钩时，他一直打听我妈的事。

你妈原本就是岛上的人吗？今年几岁？她的父母还健在吗？我听说了关于你爸爸的传闻，那是真的吗？

“是不是一听就知道别有用心？为了避免大叔有非分之想，我告诉他，我爸只是下落不明，没有和我妈离婚，也没有死。我妈会一直等我爸回来。”

“大叔说什么？”

“他只是‘哦’了一声，垂头丧气，好像很失望。”

即使用投钓的方式，也只钓到和用假饵方式差不多的三条小竹筴鱼。

两个星期后，大叔又若无其事地带着大鲈鱼上门了。他有时候不仅会带他女儿做的甜点，也会送海苔酱或是小鱼干。

“你妈妈不会觉得很烦吗？”

“我妈已经放弃了。每次看到她笑着收下大叔送来的东西，我就火冒三丈，对我妈说，简直就像是穷人在接受施舍，难道不觉得丢脸吗？拒绝他不就好了吗？”

即使我对我妈大吼，我妈也总是静静地露出有点为难的笑容说：“因为收下他比较高兴啊。”

我们为什么要让他高兴？我越想越气，把自己关在房间里，尽可能不和我妈打照面，晚上也不再和她一起出门散步了。

“而且邻居也察觉了大叔的事，有人对我冷言冷语。”

你快要有新的爸爸了，太好了。

“那一定很痛苦。对了，大叔没有太太吗？”

“没有，在认识我的两年前死了。”

我是在和大叔断绝关系后才知道这件事的。因为我爸爸没有死，不管大叔有没有老婆都和我没关系，也从来没想要确认。

大叔自己做了让我们和他断绝关系的事。在我上初中三年级的秋天，我爸失踪已经满三年了。

大叔平时来我家时总是穿得很随便，这天他穿着西装上门，头发梳得很整齐，手上拿的不是鱼，而是一束白色的百合花，而且不是从后门，而是从大门进来。

我记得是星期六下午大约三点。门铃响了，我去开了门，但打开玄关的拉门时，一下子没有认出站在眼前的是大叔，我妈跟着出来后，也惊叫了一声：“哎哟。”

请他进客厅时，他也没有像平时一样说：“在这里就好。”他把鞋子整齐地放好后，跪坐在客人用的坐垫上。我记得那天第一次为大叔端咖啡。

大叔对我妈说：“我有重要的话要说。”我站在门口张望，不知道该怎么办，大叔说：“洋平，你也一起听吧。”于是，我坐在我妈身旁，隔着桌子面对大叔。

大叔把花束放在我妈面前说：

“佳子，你等你丈夫回来整整等了三年，你很了不起，但这种等待的日子可不可以到今天为止？否则，你无法走向新的人生。你还年轻，应该告诉自己，你丈夫已经死了，应该思考更轻松的生活方式，对洋平来说，这样也比较幸福。”

虽然他说话一如往常地大声，但每一字每一句都很认真。虽然我不希望大叔当我的爸爸，但我觉得他说的话很有道理。我妈也像平时一样满脸无奈地点头。就在这时——

我妈的双手用力拍着桌子，桌上的咖啡杯翻倒了，褐色的咖啡溅在白色的百合花上。

“别再说了！你有什么资格说这种话？我丈夫还活着，一定会回来这里，所以，我要在这座岛上、在这个家里等他回来，不管是三年还是五年，都没有关系。请你以后别再来我家了，谢谢你以前的照顾，但早知道你会说这些话，我就不会接受你的任何东西。我这辈子也不想再见到你。”

我妈大声而坚决地对大叔说。

大叔拿开坐垫，再度跪坐在榻榻米上，深深地鞠躬，额头碰到了榻榻米。

“真的很抱歉，请你原谅我。”

我妈没有回答。大叔站了起来，再度深深地鞠了一躬，对我说了声“多保重”，就走了出去。我妈当然没有送大叔，我也没有出去送他。因为我被我妈的气势吓到，说不出话来。

那天之后，大叔没再来我家，每天晚上，我再度和我妈一起去镇上散步。

“大叔和你妈妈都很可怜。”太太叹着气说。

“有什么办法？谁叫他说了我妈最忌讳的话。”

你丈夫已经死了……难道没有其他的表达方式吗？

“他一定是笨嘴拙舌的人。他对你说完‘多保重’，你就没再见过他了吗？”

“不……”

我很快又见到了大叔。

大叔离开后，我妈仍然盯着桌子，一动也不动。我不知道该怎么安慰她，想把咖啡杯收进厨房，拿了托盘和抹布走了回来。

我妈没有看我，静静地说：“洋平，不好意思，可不可以让妈妈一个人静一静？”

我内心不禁感到不安，担心她会做傻事，但还是“嗯”了一声，走了出去。我躲在门口，听到我妈在哭。原来她一直忍着泪水。也许她内心百分之九十九认为我爸已经不在人世了，但赌上最后的百分之一，一直撑到了今天。

不能让我妈知道我听见她在哭，我从储藏柜中拿出钓具，来到海岸路，走向堤防。虽然天色渐渐暗了下来，但堤防旁并没有像平时一样见到情侣的身影。

只有大叔站在那里。

他似乎看着远方桥下的海面。当我走近时，他发现了我，缓缓转过头，露出了寂寞的苦笑。

“现在要钓鱼吗？今天有红潮，就别钓了。”

听到大叔这么说，我从堤防探头张望，发现大叔说得没错，海面看起来是混浊的红褐色。

“我说洋平啊。”

大叔站在我身旁。大叔的身材高大，嗓门也很大，一直让我感到有点畏缩，但那时候我发现自己稍微长高了。

“既然已经惹你讨厌了，那就请你顺便告诉我，如果知道你爸爸不是失踪，而是死了，你和你妈现在会怎么样？”

我并不是从来没想过这个问题。

“虽然我不太能够确定，但可能会回到H市内的外公外婆家，或许可以过得比现在更轻松。我记得我外公是公司的高级主管。”

“是吗？这样的话，你妈就不会满手是茧，或许可以找到理想的再婚对象。”

“那就不知道了。因为我妈当初不顾父母的反对，跟着在学生时代认识的爸爸来到这座岛上，搞不好并不会再婚。”

“为什么会遭到反对？”

“我也不太清楚，以前好像听说和我外公的想法不太一样。”

“原来是知识分子。但无论如何，得知你爸爸死了，你们的生活应该会比现在幸福。”

“我爸爸没有死。”

我说了这句话，好像卡在喉咙的鱼刺终于拿了出来。之前我一直以为是为了我妈这么想，这时我才终于发现，原来我自己也希望相信我爸还活着这件事。

所以我之前看到我妈接受大叔才会那么生气。

“是啊。真的很对不起。”

大叔双手放在腿上，深深地对我鞠躬。我不知道该说什么，我对大叔不再像之前那么厌恶，但也不希望以后再像以前那样见面，只是我觉得好像忘了说什么重要的话……就在这时——

“哇，海面上好像漂浮着许多星星。”

一对情侣把车子停在空地后向这里走来，那个女生看着大桥的方向大声叫了起来。

“那我就去摘海星星送给你，嘿嘿。”那对情侣中的男生立刻殷勤地对女生说。

“哪里是海星星，那只是反射的光而已，是冒牌货。”大叔吐槽说。

“大叔，你看过真正的海星星吗？”

“你没看过吗？”

我觉得他只是在忌妒那对幸福的情侣，所以用讽刺的语气问。大叔恢复了平时的豪爽，对我露齿一笑，拿起我放在脚边的水桶，然后在把手上绑上绳子，似乎打算打一桶海水。

大叔跳上堤防，把水桶丢进海里，然后拉了起来。

“洋平，看仔细了，因为只有一刹那。”

大叔说完，把水桶里的海水倒进了漆黑的海面。

海面发出蓝蓝的、蓝蓝的光。

海面上闪烁着我从来没见过的透明的蓝色光芒，转眼就消失了。

海星星。

为什么会发生这种现象？

“再见。”

我还来不及问大叔，大叔已经从堤防上跳了下来，把水桶放在呆然望着大海的我的脚边，转身离开了。大叔的背影没有走向空地的方向，而是走向漆黑的栈桥，在和他离别的这一天，我才知道他是开自己的船过来的。

“大叔真的很不错啊，也许他说了不该说的话，但直到最后，都对你很好啊。”

太太说完后站了起来，去冰箱里拿了新的啤酒给我。

“现在回想起来，真的这么认为，只怪我当时太幼稚了。”

我为太太的杯子里也倒了啤酒。

“大家都差不多啦，以前父母无论说什么都要反驳，但现在回想起来，才发现父母说的话都很正确。”

“是啊，今天能够和你这样聊一聊大叔的事真是太好了。”

“但他女儿要和你说什么？”

“嗯，我也很在意，所以打算和她见面。可以吗？”

“当然可以啊。”

美咲寄明信片果然是正确的决定。和太太聊了之后，拔除了关于大叔的记忆中的尖刺，而且也不需要偷偷摸摸地找借口和别的女人见面。

但是，有一件事我没有告诉太太。那是我升上高中后的事。虽然不需要特别隐瞒，只是也不值得特别提起。

因为大叔让我看到海星星之后，我的确没有再见过他。

*

美咲参加的学习教材学会在某大学举行，我和她约在大学附近的一家饭店的咖啡店见面。当儿子学校在周六、周日举办运动会时，我至少要提前一个月向公司申请，但非假日请假就比较方便。

距离和她约定的下午三点半还有十分钟。

我听从我妈的建议，读了岛上两所高中里的位于岛屿南侧、升学率比较高的那所高中。父亲的寻人启事虽然已经褪色，仍然有几张留在镇上的电线杆上，但每天骑自行车前往经过两个街区的通学路上，完全看不到任何一张。

和我读同一所中学的同学问我要不要加入篮球队，我看到篮球队假日也要练习，所以就参加了。虽然练完之后，总是筋疲力尽地回到家，但还是每天都和我妈一起散步。

升上二年级后，我和真野美咲分在同一个班级。

渔夫镇有很多人都姓真野，我们班上就有两个人，整个学年有十几个同学姓真野，所以并没有听到她的名字就想到她和大叔可能是一家人。大叔在提到他女儿时从来没说过她的名字，而且我根本忘了大叔有女儿这件事。

我和美咲在运动会时被分在同一组制作班上的牌子，下课时和放学后，经常一边做牌子，一边聊天。我们这一组总共有六个人一起制作牌子，美咲做事有条有理，向大家发出指示，所以作业进行得很顺利。

她应该具备了领导的资质，也了解每个人擅长的事，一开始就指挥谁负责写字，谁负责画画。虽然心里嘀咕，希望可以做更轻松的工作，但听到她问:“没问题吧?”就情不自禁地回答:“没问题。”也没有人在背地里抱怨。

因为她自己负责最辛苦的工作，所以，在其他组一边抱怨一边猜拳决定分工时，我们已经开始动手了。

有时候会一直做到太阳下山，因为中途和她同一个方向，所以我通常骑自行车载走路上下课的她到她家附近，有时候就在她家附近的海岸聊天。

虽然只是聊哪一班是我们的竞争对手之类无聊的话题，但我希望在运动会结束后，我们也可以一起回家，可以继续像这样聊天。我在脑海中模拟了各种情况，打算在运动会那天告诉她。

没想到现实和我的想象完全不一样。

运动会的前一天，我们把牌子设置在运动场上，然后一起回家。她跳下自行车时说，有东西要交给我，我们走去海岸，她递给我一个小纸袋。英文报纸图案的纸袋中飘出甜甜的香草味。

也许她和我的想法一样。我隐约感觉到这一点，我接过纸袋后愣在那里，思考着是不是该把原本明天要说的话提前告诉她。说话向来干脆利落的她低着头，吞吞吐吐地对我说：

“谢谢你送我回来，这是一点心意。”

我也鼓起勇气开了口：“我可以打开吗？”

她点了点头，我当场打开了用金色星形贴纸封住的纸袋。里面装的是星形的饼干。

“我可以吃吗？”

我把一块饼干放进嘴里，拖延了重要的话。饼干的味道和口感都似曾相识，我以为手工饼干的味道都差不多。连续吃了三块，更加确信和我之前吃的是相同的饼干，因为饼干中带着咸味的花生是最主要的证据。

她的名字和大叔的名字在脑海中连接在一起对我造成了极大的打击，我久久说不出话。她可能误以为饼干太难吃了，抱着头不敢看我，开始解释饼干做得不好吃的原因：

“因为我好久没做饼干了，所以忘了怎么做比较好吃。是不是做得太干了？我只有在刚做好时试了一下味道……早知道应该在冷却后再试吃一下。读中学的时候，我每个星期都会做一次，因为我爸爸去做义工的那个家庭的人都很喜欢吃，我还一度打算向这个方向发展。”

我应该澄清误会，想对她说“很好吃”，打断她滔滔不绝的辩解，但因为慢了一拍，听到了一个刺耳的词。

“义工？”

她惊讶地抬起头。

"是我爸爸以前的朋友，因为老公死了，只剩母子两人相依为命，我爸爸隔周会送鱼或是我做的点心给他们。"

"你爸爸这么说的？"

"对啊。爸爸还说，比起鱼，他们更喜欢我做的饼干，叫我多做一点。"

我思考着自己的措辞。

"他有没有说，那户人家的儿子和你同年？"

"没有，只听说是母亲带着一个孩子的单亲家庭，我还以为是比我年纪小的女孩……该不会……"

"大叔把鱼和饼干送到我家，但大叔并不是我妈的朋友，原本也不认识，更不是什么义工，简直笑死人了。他整天往我家跑，想要追求我妈，结果被狠狠地甩了。"

"不可能。我妈妈在我读小学四年级时生病死了，爸爸不可能在我妈妈死了才两年多，就喜欢别的女人。那天我爸爸出海打鱼，无法为我妈妈送终，这件事让他一直懊恼不已，所以他想要为别人做点什么，想要消除内心的罪恶感。刚好在这时知道你家的事，才会情不自禁地想要帮忙。"

"即使是这样，他的伪善行为也造成了我们的困扰。我们不是也送了你们蔬菜和手帕吗？你爸却觉得自己在做义工，也未免太一厢情愿了。况且，我爸并没有死。"

说完，我把装了饼干的纸袋塞还给她，骑上自行车，头也不回地离开了。

义工、义工、义工——对十几岁的我来说，没有比这两个字更屈辱的字眼了。

那天之后，除了有事需要联络以外，我不再和她说话。我们做的运动会牌子在全学年十五个班级的评比中，得到了第七名这种既不值得庆祝，也不需要难过的名次。运动会结束后就立刻拆除了，没有人为此感到惋惜。

幸好三年级时我们不同班。毕业后，她去了关西的大学，我进入大型超市工作，被分配到东京郊区的分店。

虽然我妈希望我继续升学，但我高三那一年，日本刚好处于泡沫经济的巅峰，即使只有高中毕业，我也符合一流企业的招聘要求。我的高中老师也说，与其没有明确目的、为了读大学而读大学，不如趁现在找工作。我听从了老师的建议。虽然我妈仍然不太同意，但听到来学校招人的公司名字，总算点头答应了。

也因为如此，在我开始工作到我妈去世的五年时间里，我能够寄生活费回家，也能够在可以看见大海的墓园里为她建了一个不大的坟墓。

但是，我还有一件事没有完成。

想到这里，美咲出现了。

“对不起，开会有点耽误了。”

她用好像对每天见面的同事打招呼的声音轻松地向我道歉，在我对面坐了下来。

“咖啡冷了吧？顺便帮你点一杯新的。”

美咲看着我面前那杯几乎没有喝过的咖啡说道，不等我回答，就找来了服务生，点了两杯咖啡。

“滨崎，你一点都没变，我从很远就认出你了。我已经变成大婶了，但留在老家的同学都差不多是这样。”

美咲一口气聊着她已经穿不下二十多岁时的衣服，走楼梯会上气不接下气这些无关紧要的话；但我仍然看到了她当年的面容，完全感受不到二十年的岁月，也可以想象她担任小学老师，每天和学生相处的身影。

但她紧张地说个不停，想必是原本要告诉我的那件事太难以启齿。服务生送来咖啡时，她才终于停了下来。

我在服务生离开的同时开了口。

“你找我有什么事？你在明信片上说是关于你爸爸的事，你爸爸怎么了？”

美咲微微低下头，当她抬起头时，喝了一口咖啡，直视着我的双眼。

“半年前，我爸爸接受了肝癌手术。”

她说的内容并不意外。我猜想大叔临死之前，可能交代了她什么事，就像我妈也交代了我一件事。

“他说原本打算带进坟墓，但他至今仍然不知道这么做是对是错，所以决定告诉我。我听了之后，觉得是不是我也该把这件事带进坟墓，但又觉得直接告诉当事人比较好。正当我在为这件事犹豫烦恼时，刚好要来东京出差，我决定告诉你关于你爸爸的事。”

“我爸的事？”

“对，是关于你爸爸的事。”

我还以为她要告诉我，大叔在临死之前，都对我妈一往情深，没想到她在明信片上写“爸爸的事”，竟然是我爸的事。

“什么事？我应该比以前更沉得住气，你有话就直说吧。”

虽然我嘴上这么说，但口渴不已，喝了一大口水。

“你爸爸已经死了，在二十五年前失踪当时就死了。”

美咲口齿清晰、缓慢地对我说。虽然事到如今，我渐渐知道这种可能性应该不存在，但仍然不时想象：失去记忆的爸爸在某个地方过着安静的日子，建立了新的家庭，儿孙满堂，生活幸福，只是心头不时会掠过一丝不安，觉得自己似乎忘了某件重要的事。

所以，听了美咲的话，我感到很不开心。

“你凭什么这么说？”

“你知道吗？濑户内海虽然风平浪静，但渔夫每年都会捞到几具尸体。”

“我在报纸上看过类似的报道，但并不是我爸，而且也不是每年有几具尸体，而是几年才会有一具尸体。”

“那是报案的数目，很多人打捞到之后，就直接丢回海里。”

“为什么这么做？”

“因为一旦报案，就会接受严格的侦讯。渔夫并不想打捞到尸体，而是基于善意报警，但警方简直把发现的人当成了杀人后将尸体丢进海里的凶手。”

“怎么可能？”

“我原本也不相信，但是，我爸爸就是因为打捞到尸体去报案，结果被关了整整一天，所以无法为我妈送终。而且，报纸在报道时，不是都会写谁在哪里的海域打捞到尸体吗？你觉得有人想吃和尸体一起打捞起来的鱼吗？所以，一旦报案，只会让自己倒霉而已。”

“但也不能……”

“我爸爸打捞到你爸爸的尸体，却又丢回海里这件事真的这么罪大恶极，所以他二十五年来，都必须为此悔恨吗？”

大叔打捞到我爸的尸体。

“他怎么知道是我爸？”

“因为尸体身上穿着长颈鹿图案的红色衬衫，他担心是黑道的人，会为我带来危险。既然警方会怀疑打捞到尸体的人，黑道的人也可能会这么想。”

“我爸才不是什么黑道。”

“我知道。我爸爸打捞到尸体后不久，看到镇上的布告栏贴了寻人启事，呼吸都快停止了。只是他根本说不出口，自己打捞到这具尸体，但又丢回海里了，所以他写了匿名信，打了匿名电话通知家属这件事。没想到寻人启事非但没有撕掉，反而越贴越多。”

“原来那也是大叔，我们还以为是有人恶作剧。”

“你们会这么想很正常……如果不报上姓名，说出事情的来龙去脉，当然不可能有人相信。我爸爸看了寻人启事上的地址，决定带着伴手礼亲自上门说明。结果看到有一个和我年纪相仿的男孩从那栋房子走出来，我爸爸悄悄跟在男孩身后，发现他去钓鱼。我爸爸上前和男孩聊天，但那种事不可能告诉小孩子，所以决定把鱼交给男孩，改天再上门说明这件事。”

“但是，见到我妈后他也说不出口，为了弥补内心的愧疚，所以就一直送鱼和饼干给我们。”

“他每次把车子停在栈桥旁的空地上，走去你家的路上都告诉自己，今天一定要说，今天一定要说，但每次都说不出口，回家的路上，他都会对着电线杆上的寻人启事合掌道歉。我爸爸和我没有任何辩解的余地，真的很抱歉，如果当初告诉你们，你们可以为你爸爸举办葬礼，也可以为他建坟墓。最重要的是，不需要一直等待。”

美咲对我深深地鞠躬，我不由得想起大叔那天的身影。

“不，大叔曾经想要告诉我们，那天他应该下定决心，无论如何都要告诉我们。他平时都穿得很随便，从后门进来，那天穿得很整齐，从玄关进来……大叔有没有告诉你？”

“没有，他只告诉我，最后一次搞砸了，可能就是指那天的事。”

“是我们搞砸了，我和我妈没有听完大叔说的话就把他赶走了。”

大叔那天带来的白色百合不是送给我妈的礼物，而是给我爸的供花。大叔可能打算把那束花丢到发现我爸尸体的地方，所以他平时都开车来我家，那天特地开船。

我太短视，一直以为大叔是来向我妈求婚的。不知道我妈是怎么想的。

“也许我妈知道我爸坠海而死。”

“什么意思？”

我妈在生命的最后半年期间，住在日本本岛〇市的一家医院，那是离我们的岛屿最近的一家医院。虽然我妈不想离开岛上的房子，但得知可以从病房看到大海和白纲岛后，总算答应住进这家医院。我懊恼不已，早知如此，应该更早带她去医院。

工作之后，只要有三天以上的连休，我就会回到岛上。

我妈总是为我准备烤肉之类的美食，母子两人一起吃饭。有一次我发现，她一直叫我吃，自己几乎都没吃。我很担心，她笑着掩饰说，上了年纪都这样，我也没有多问。

因为我们仍然像以前一样，入夜之后，在镇上散步。

两个月后，我独自吃完晚餐后，我妈一直坐在厨房的椅子上。我问她："不去散步吗？"她回答："这几天一直不舒服，所以没去散步。"隔天，我硬把她带去医院，医生立刻介绍了〇市的医院，但已经为时太晚。

虽然我对我妈掩饰说"幸好及时发现"，但我相信她最清楚自己的身体状况。

有一天，我去探望她，发现她坐在病床上，看着窗外。当她看到我映在窗户上的影子时，注视着大海说：

"把我的骨灰全部倒进大海。虽然我原本希望把我的尸体丢进海里，但应该不可能吧。我不希望孤独地躺在坟墓里，所以拜托你成全我。"

虽然我当时答应了，但我妈死后，我在海边为她建了坟墓，把她的骨灰安置在那里。因为我以为她不想让我花钱，所以才这么说。我以为她花了大半辈子等待我爸，死后也希望有一个地方可以继续等待。当我爸有朝一日回到岛上，在结束他的人生时，我也会把他的骨灰和我妈的埋葬在一起。

但是，如果我妈是因为希望和我爸一起长眠，才要求我把她的骨灰撒在海中……

“这只是我的推测，也无法再向我妈确认，也无法了解我爸的死因。对大叔也一样，如果他知道我妈希望把骨灰撒在大海，也许心里会好受一些。”

我回想起大叔在黑暗中消失的身影。曾经是渔夫的大叔也回到大海了吗？是否变成了海星星……

“我回家后会告诉他。”

“啊？”

“如果我刚才说的话让你产生了误会，我向你道歉。我爸爸还活着，手术很成功，他上个月已经开始出海捕鱼了，好像暂时还不打算退休。”

原来是这样。我忍不住有点泄气，随即感到高兴。

“是吗？原来是这样……那也请你顺便告诉他，说我很感谢他。这是我最该对他说的话。”

“如果是为了那些鱼，不必这么客气。”

“不，请你转告他，谢谢他让我看到了海星星。”

美咲想了一下：“噢，原来是那个。”她嘀咕道，“我知道了。”

她露出微笑，从皮包里拿出手帕按着眼角。我也乘机用握成拳的手背用力擦着眼睛。

和美咲道别后，我决定不直接回家。

下一个假日，我要回白纲岛，完成和我妈之间的约定。如果可以，我希望我妈和我爸长眠在同一个地方，不知道大叔愿不愿意开船带我去。

我要带着太太和儿子同行。结婚前，我曾经带太太回岛上扫墓，但儿子是第一次。我要和他在可以看见大桥的堤防上钓鱼，然后……

我希望可以让他看到海星星。

大叔会向我透露那个现象的秘密吗?

为了证明这个约定并不是无法实现的口头承诺而已，我要先去买钓竿。

梦幻乐园

东京梦幻乐园开幕至今刚好满三十年。

或许是因为刚开幕时，电视上连续好几天都报道这个无论大人、小孩都憧憬的梦幻乐园，所以数天后出生的我被取名为“梦都子”。为我取名的并不是父母，而是同住的祖母。听说母亲原本为我取名为“梦花”，祖母表示反对：“乡下离岛的孩子取这种好像宝冢明星一样的名字，会被邻居笑死。”如果要用“梦”这个字，“梦都子”这个名字不错，于是就这么决定了我的名字。

田山梦都子——人如其名，我就是一个梦想着大城市的乡下人。

祖母是左邻右舍口中的“豪宅夫人”，父亲和母亲都不敢违逆她。既然这样，就不该提议想在我的名字中用“梦”这个字，我就可以像比我小两三岁的几个堂妹一样，取康子、敬子之类平凡却不奇特古怪的名字。

这样的话，祖母或许可以活得久一点……

上午八点半。九月的天空秋高气爽，但东京梦幻乐园的大门前已经人满为患，前后左右都只看到人群。

旅行社事先为我们买好了入场券。从东京都内的饭店搭游览车在开园前三十分钟抵达时，大门前已经排了好几条长龙。我以为他们都是没买入场券的人，但确认后发现，每个人挂在胸前的梦幻卡通人物票夹内，都有和我们一样的入场券。

他们挂着票夹，代表并不是初次造访这里。电视的特别节目中也曾经介绍，来过梦幻乐园的人，有九成都会再度造访，也许第一次来的人反而是少数。

“好像都要排队。”

我没有停下脚步，转过头说话时，才发现丈夫牵着奈波的手走在很后面。这才意识到虽然带着七岁的女儿出门，但我完全按照自己的节奏在走路。队伍越来越长，我还是克制住迫不及待的心情，停下了脚步。

“排队也是东京梦幻乐园的一部分。”

丈夫悠然地回答着追了上来，我们三个人站在中间队伍的最后。

“奈波，你看，是不是有很多人？这些人来自日本各地。”

丈夫说完，让奈波坐在他肩上。这是奈波上小学后，第一次坐在爸爸肩上。

“有好多大游览车。”

奈波发现大门旁的停车场有几十辆色彩缤纷的游览车，坐在父亲的肩上高兴地拍着手。

“大家都期待今天这个日子，从南方、北方来到这里。”

丈夫看着游览车对奈波说，我相信他也在同时对我说这句话。

我在远离东京的小岛上出生、长大，但乡下的小孩也都知道梦幻乐园的存在。电视上每年都会多次播出特别节目，商店街在年底抽奖的“特等奖”就是东京梦幻乐园的双人旅行券，镇上一年四季都贴着梦幻乐园的海报。

很多人在蜜月旅行时去梦幻乐园，钢琴老师蜜月旅行的伴手礼就是梦幻鼠的钥匙圈。我在幼儿园读大班时，第一次拿到梦幻乐园的相关商品，我把它挂在书包上，每天带着去幼儿园，其他小朋友都羡慕不已，好像我自己去了梦幻乐园一样。

我以后度蜜月时也要去那里。

梦幻乐园在我的心目中是一个好像在外国般的遥远地方，但是升上小学后，偶尔会听到同学在暑假时去了梦幻乐园。

听说○○去了梦幻乐园。对乡下的小孩来说，这是非同小可的大事，很快就会在整个年级中传开……等到上三年级时，班上已经有四五个人去过梦幻乐园了。

也许梦幻乐园并不是像梦那么遥远的地方。

我开始有了这种想法，有一天，我对父亲和母亲说：

“暑假的时候带我去东京梦幻乐园嘛。”

我以为母亲会不以为然地数落我“说什么蠢话”。

“东京梦幻乐园吗？最近经常听到邻居说他们去那里玩，我也想去看看。”

“但在东京呢。”

听到母亲这么干脆地答应，我反而忍不住想要反对。

“东京很近啊，开车的话，一个晚上就到了。”

正在默默看电视的父亲回答。没想到看起来对梦幻乐园毫无兴趣的父亲也这么说，我忍不住激动起来。

“要住一晚吗？”

“只要晚上出发，白天去梦幻乐园玩了之后，晚上回来，一天就可以来回。我会负责开车，你和妈妈带上毛毯，在车上睡觉就好。”

这么简单吗？我太惊讶了，突然对平时不太理我的父亲居然这么可靠而感激不已，有一种已经站在梦幻乐园门口的错觉。

“那我要去玩爱洛公主。”

“爱洛公主是什么？”父亲心情愉悦地问。

母亲代替我回答：“老公，你连《睡美人》也不知道吗？”然后向父亲讲了这个童话故事，我向他们说明了爱洛公主是怎样的游乐设施。

“听说要坐在玫瑰花瓣形状的车厢里，进入童话的世界冒险，魔女的脸超可怕。”

这是去过梦幻乐园的同班同学告诉我的。

“好，那就先玩这个。”

“听说大游行也很漂亮、很好玩。”

“哦，就是灯光闪啊闪的那个。爸爸也在电视上看过。”

“妈妈也知道，我记得那首进行曲是啦啦啦、啦啦啦。”

豪宅的偏屋内充满了幸福，我从来没有这么兴奋过。

晚上开车经过大桥，离开这座小岛，早上醒来时，就已经来到梦幻乐园。先玩爱洛公主，然后，然后……我忘了同学说还有哪些游乐设施。明天去学校要向同学打听清楚，不，还是什么都不知道比较好玩。我要买伴手礼给某某和某某。

回到自己的房间，躺在床上时我仍然无法平静，一整晚都在想梦幻乐园的事，也可能在不知不觉中睡着了，梦中也想着梦幻乐园。

我第二天早晨起床时格外神清气爽，乐不可支地去主屋的厨房找正在做早餐的母亲。

“妈妈，早安。去梦幻乐园时穿的衣服……”

我的话还没有说完，母亲就把食指放在嘴唇上，对着我说：“嘘！”

“你在说什么蠢话？怎么可能真的去什么梦幻乐园？”

“但是，昨天……”

“我只是随口说说我想去而已，但爸爸喝醉酒就会说大话，反正这不是第一次了。”

“怎么会这样……”

我至今仍然觉得胸口有一个装满泪水的袋子，当有心碎的感觉时，泪水就会涌向双眼，一滴一滴地滑落。

“只要稍微想一下就知道不可能，我们家有农田要照顾，而且……”

母亲瞥了一眼饭厅旁的那道门，转身背对着我，打开水龙头，流水用力冲向不锈钢水槽，母亲小声地说着什么，但我听不到。

我可以猜到母亲在说什么。

“奶奶不可能答应的。”

于是我发现了自己的愚蠢，竟然那么兴奋，完全忘记了祖母的存在。

祖母名下有土地和农田，住在大门很壮观的房子内，被称为“豪宅夫人”。父亲是没有任何实权的继承人，母亲和我只是下人，绝对不允许有任何惹夫人不高兴的行为。

从出生至今，我离开这座岛屿的次数屈指可数，竟然还想去什么东京梦幻乐园。什么东京，什么梦幻乐园，根本是遥不可及的梦想。

那次之后，“东京梦幻乐园”就成为我内心无法实现的梦想的代名词。

“妈妈，前面的人往前走了。”

听到奈波的声音，我惊讶地往前一看，发现原本站定不动的人潮开始慢慢向前移动。一看手表，上午九点。开园时间到了。

队伍这么长，我担心恐怕还要等半个小时才能进入园区，没想到很快就来到入口前。简单检查随身携带的物品后，把入场券放进一整排自动验票机，就可以入园了。

我把入场券交给奈波和丈夫，我、奈波和丈夫依次走进验票闸门。

橘色的铺石地板，花圃内五彩缤纷的鲜花，喷水池的水喷向天空。我们在美丽的庭园拍完纪念照后继续往里面走，发现两侧都是不知道是美式还是欧式的漂亮建筑，一看就知道和日本的建筑大不相同。那里是购物中心。虽然很想走进每一家店铺逛一逛，但行前已经决定，最后才去购物。

继续往前走……前方是城堡。

“哇，是白雪公主的城堡！”

奈波兴奋地欢呼着。我停下脚步，和她一起抬头眺望。后方的人群绕过我们跑了起来，似乎觉得站在路中央的我们挡住了去路。

“先去排哪一个队伍？先去太空区，领太空漫游的快速通行券，再去排太空云霄飞车。动作慢吞吞的话，等一下就要排很久。”

这是导览书上“热门游乐设施攻略秘籍”里写的。我们跟着奔跑的人群，忍不住想着：这么多人跑向相同的游乐设施，还能算是秘籍吗？跑到目标游乐设施前，看到牌子上写着要等待五十分钟。

“怎么办？要排将近一个小时，奈波没问题吗？”丈夫问。

“啊，太幸运了，只要排五十分钟。上次来的时候排了三个小时。”

一个看起来像是大学生的男生对女伴说着，快步超越了我们。

“听起来好像算好的，那就去排吧。奈波，你应该可以等吧？”丈夫问奈波。

“我可以玩游戏吗？”

“啊，可以啊。”

“那我可以等。”

我们再度站在长龙后方，奈波从背包里拿出游戏机。

"爸爸，你和我一起玩。"

听到奈波这么说，丈夫探头看着游戏机的画面。我对游戏一窍不通，奈波喜欢的冒险游戏我连一关也过不了，所以干脆不玩了。

"要选哪一种武器呢？紫剑虽然很长，但很容易断……"

奈波已经沉浸在游戏的世界中。虽然不适合在梦幻乐园玩游戏，但眼前的状况顾不了那么多了，一眨眼的工夫，我们后方已经排了很多人。

听说东京梦幻乐园每天平均访客人数在高峰期有六万。今天是三十周年纪念活动开始的第一个连假，应该算是高峰期吧。

六万人——等于是白纲岛人口的三倍。

我无法想象。岛屿上的人有全体总动员的时候吗？小岛上几乎很少举办什么活动，庙会也都是以镇为单位举行，所以规模都很小。夏天举办烟火大会时，岛上的居民都会出动，把会场挤得水泄不通。

对我来说，这也许是暑假期间唯一的活动。

烟火大会的会场设在岛屿南侧的栈桥滩，包括我娘家在内，住在北侧的居民都必须开车前往。会场附近中小学的操场成为临时停车场，但在烟火大会开始的一个小时前，就已经竖起了"满"的牌子，海岸旁的道路也变成了临时停车场，几十辆车子整齐地停成一排。

我家每次都要在做好祖母的晚餐后，才能急急忙忙地出发，车子只能停在马路旁。下了车之后，必须一路走去会场，但要在两侧都是路边摊的路上前进不是一件容易的事，所以我们总是远离空地，坐在民宅后方的堤防上，眺望着向晚的天空，等待烟火在空中绽放。

父母偶尔会在烟火大会开始之前去路边摊帮我买刨冰，即使是没有“蓝色夏威夷”的糖浆和炼乳，不怎么受欢迎的摊位，也要排十分钟左右才能买到。

岛上举办烟火大会时，买一碗刨冰就要排十分钟，在梦幻乐园最热门、最新的游戏设施排一个多小时似乎也合情合理。

为什么衡量梦幻乐园的规模时，会想到那座岛屿，而且联想到儿时的回忆？但因为我只知道白纲岛，所以也是无可奈何的事。

我知道在那个巴掌大的岛屿上不自由的生活……

我和父母、祖母在被称为豪宅的房子中生活。

祖母经常说，她为了娘家牺牲，被迫嫁给祖父。祖父死后，她总是怒不可遏地抱怨自己的遭遇。只要看到母亲和我做任何开心的事，她就开始唉声叹气，好像哀怨是她每天的动力来源。

“你们真好命啊，哪像我……”

然后就一次又一次地唠叨十七岁的某一天，她突然嫁入地主田山家，丈夫一点都不疼惜她，婆婆虐待她的事。说到最后，就会说她好几次想要揣着石头跳海自杀。我经常都忍不住在心里咒骂，为什么不干脆跳一次看看。

只要买新衣服，她就生气；换新窗帘，她也生气；生日买蛋糕她也要生气；甚至帮她买东西，她也照样生气。

“我以前从来没有过上好日子，虽然他们在外面炫耀家里很有钱，却不让我自由动用家里的一毛钱。”

在她滔滔不绝地抱怨后，都会用以下这句话作为总结：

“我为这个家生了继承人，却遭到那样的对待。你连儿子都生不出来，却可以享受荣华富贵，脸皮也未免太厚了，你以为你是谁啊！”

我是独生女。母亲的父母很早就死了，所以没有娘家。父亲在刚结婚时经常袒护母亲，但此举反而更激怒祖母，祖母会趁父亲不在时苛责母亲，所以父亲不再为母亲说话，母亲也不再责备不袒护自己的父亲。

去东京梦幻乐园根本是天方夜谭。

但是，之后有两次和梦幻乐园只有咫尺之距的机会。

第一次是我上中学一年级的时候。母亲在年底抽奖时抽到了“特等奖”。

我们有两张抽奖券，我和母亲各摇一次抽奖机。我先摇出了“五等奖”的红球。每年都这样，我的抽签运向来不好。我领了一盒面纸，看着母亲嘎啦嘎啦地摇抽奖机。

一颗紫色的球掉在木质小托盘上，商店会会长的阿伯用力摇着铃铛。

“中大奖了！东京梦幻乐园双人游旅行券！”

时间暂时停止，我不知道阿伯在说什么，但下一刻，身体开始颤抖。

既然是抽奖抽中的，祖母应该没理由生气，指责我们太奢侈吧。双人游旅行券只能两个人成行，不可能是父亲和母亲去，应该是我和母亲，或是我和父亲，不知道能不能自行贴补一人份。我从来没有搭过新干线，也没有住过酒店……

我忍不住思考着这些事，但是，这份幸福只持续了三分钟。

“我不需要。”

母亲说完，把从商店会会长手中接过的信封还给了他。

“但是，太太，你中了大奖啊。你要放弃吗？”

“我家有农田，也有奶奶要照顾。”

商店会会长听了，立刻点了点头表示谅解，要求母亲重新抽奖。他似乎很了解我家的状况。

母亲摇到了一颗红球，然后嫣然一笑，接过一盒面纸。

到家之前，我默默地跟在母亲身后，努力不让泪水流下来。在踏进家门时，泪水夺眶而出，绷紧的喉咙发出了呜咽。

“为什么？”

“你明知故问，中了那种奖也很困扰啊。”

“那是抽奖抽中的，根本不是我们花钱奢侈啊。”

“这不是钱的问题，奶奶不允许我们做开心的事。如果硬要去东京梦幻乐园，只为了出门这么一两天，搞不好接下来的好几年都会因为这件事整天被念叨。即使这样，你还坚持要去吗？”

“我想去。”

我不假思索地回答。即使放弃了东京梦幻乐园，祖母也会找其他的麻烦。既然无论去或不去，都会挨骂，那为什么不去？而且，只要能够去梦幻乐园，不管以后怎样挨骂，应该都可以忍耐。

“你这孩子真是搞不懂状况。你当然觉得开心啊，你白天去学校上课，晚上回家后，吃完晚餐就可以躲回自己的房间，但我必须承受一切。而且，是我抽中了奖，我要怎么处理是我的自由。如果你听懂了，以后就别再提梦幻乐园的事。”

这个家到底是怎么回事？我忍不住思考这件事。岛上有了便利商店，想要去本岛，只要开车半个小时就到了，所以我们居住的岛屿并不是那么偏僻的乡下；但一旦踏进豪宅那个落伍的厚重大门，仍然持续着明治时代的封建制度，女人、小孩没有任何发言权，也没有自由。

只要在这个家，就永远无法去东京梦幻乐园，甚至无法离开这座岛屿。

岛屿北端的栈桥有通学的渡船，住在岛屿北侧会读书的人大部分就读岛外的高中，我也希望去读岛外的高中，但祖母的一句“女生根本不需要去岛外读书”就决定了一切。

还有另一次我差点可以去东京梦幻乐园的机会。

我就读的白纲岛南高中的校外教学就是前往梦幻乐园。

等了不到十五分钟，就搭到了在太空中穿梭的太空云霄飞车，通往云霄飞车的太空路就像真正的太空基地般精巧，窗外闪烁的每一颗星星都令人忍不住惊叹，一下子忘记了时间的存在。

“没问题吗？没问题吗？”

奈波第一次搭云霄飞车，带着既期待又紧张的心情抬头看着我。

“妈妈也很紧张啊，爸爸也一样。”

“我应该会叫得最大声吧。”

丈夫说。虽然他在开玩笑，但听起来的确有点紧张。不光是奈波，我和丈夫不但是第一次来东京梦幻乐园，更是第一次踏进游乐园，心情和还是小孩子的奈波一样。虽然身为父母不该这么想，但我内心多少有点觉得回到了当年的校外教学。

高中一年级时，英语研究社的二年级学姐送给我一张梦幻鼠的书签，说是她去校外教学时买给我的纪念品。在我眼中，这张淡金色的书签就像明年轮到我去校外教学时的入场券，我小心翼翼地收进书包的口袋里。

学姐告诉我，校外教学时，一整天都可以小组自由活动，尽情地搭乘各种游乐设施。由于是非假日，游乐园内并不会太拥挤，他们玩了三次新落成的“西部探险”急流滑梯，也站在最前排欣赏了大游行。

听学姐说的时候，我内心已经开始为未来的一年倒数计时。

当初我想去读岛外的优秀高中，没能去成后，带着失望进入这所高中，我的成绩在全年级中并不算顶尖。住在岛屿南侧和中町那些功课好的学生因为交通不便，几乎都读岛上的高中。住在北侧的学生中，并非只有我无法获得父母同意去岛外求学，所以也有不少比我功课更好的人也勉为其难地读了白纲岛南高中。

无法去岛外的高中求学的其他同学，并不是像我家一样，基于封建思想遭到反对，而是因为经济因素；所以大部分同学都没有去过梦幻乐园，于是“反正校外教学可以去东京梦幻乐园，感觉还不错啦”这句话，成为安慰自己不得不读南高的理由。

没想到，在一年级第三学期结业式班会上，班主任宣布了从明年开始，要改变校外教学地点，改去信州滑雪。我没有滑雪的经验，不喜欢运动，也很怕冷，既不想去，也不想滑雪。

“啊？！”我忍不住惊叫起来，但我的声音被坐在旁边的男生的声音淹没了。

“啊？！真的假的？为什么？”

这个男生平时很不起眼，此刻居然咄咄逼人地问班主任：“请说明一下理由。”我以前有一种莫名的自负，觉得不可能有人比我更憧憬梦幻乐园，但他看起来比我更感到遗憾。

“你这么想去梦幻乐园吗？”

班会结束后，我忍不住问他。我和他同班一年，他在我旁边坐了一个月，这是我第一次开口和他说话，但因为我们有着相同的想法，所以我无法不问他。

“想去啊。从小我就一直想去那里，原本以为一年后就可以去，内心超期待的。”

“我能理解。真的太失望了……啊，对了，这个送你。”

我从书包里拿出书签递给他。我并没有特别的意思。他默默接过书签，但连“谢谢”也没说。可能是梦想突然破灭，却收到一个梦幻乐园的纪念品，反而觉得很困扰吧。

“小梦，你喜欢他吗？”

回家的路上，朋友惊讶地问我。她会惊讶很正常，因为那个男生一点也不帅，我也完全不知道他的功课好不好，运动能力强不强，也根本不想知道。

“怎么可能啊，他长得像老头子一样。”

我当下否认。那张书签让我感到更空虚，我只是丢掉自己不想要的东西。

二、三年级时，他和我不同班，上学期间，我没有再和他说过话。

搭乘太空云霄飞车时，我比奈波叫得更大声。搭完后，立刻去了刚才领到快速通行券的太空漫游，玩了搭宇宙飞船抓外星人的射击游戏。

接着，我们又去领了西部嘉年华会的快速通行券，买了焦糖口味的爆米花，在西部探险的游戏设施前排队。牌子上写着要等待一百二十分钟，但因为我们好不容易等到奈波的个子长到突破这个游乐设施的身高限制，才决定来东京梦幻乐园，所以当然不可能不玩。

排队之前，奈波量了身高，戴上证明已经符合搭乘资格的梦幻鼠手环。奈波可能太高兴了，忍不住举起右手，一脸得意地看着。排在奈波前的女生比限制身高矮了三厘米。

“对不起，送你一张下次可以用的快速通行券，欢迎你下次再来。”

工作人员把一张卡片交给那个女生，那个女生和她母亲都开心地接了过来。如果换成我，会有什么反应？

也许听到工作人员一派轻松地说“欢迎你下次再来”，我会感到怒不可遏。我期待了数十年，终于来到这里，谁知道下一次是什么时候？搞不好永远都不会有下一次了。区区三厘米，需要这么计较吗？

不，即使内心这么想，还是会笑着接过卡片吧，因为梦幻乐园中没有“愤怒”这个词。

手机响了。昨天晚上，我把来电铃声设定成《梦幻进行曲》，但屏幕上显示的是破坏梦幻心情的名字。

“喂……电饭锅吗？请你按一下写了‘煮饭’的按键，不必在意其他小按键……对，玩得很开心，那就这样。”

我挂了电话。

“该不会是妈吧？”

丈夫问。他可能从我的态度中察觉了，或是他预料到我们来这里时，恐怕会接到一两通她打来的电话。

“对，她不知道怎么用电饭锅。”

“因为才刚换了新的电饭锅。”

“但只要按一下按键就好，很简单啊。”

“那就好。”

丈夫说话时有点担心。为什么连按一下写着“煮饭”这两个字的最大按键也不会？当初我们一起去电器行挑选，她否决了我挑选的那一个，决定要买这一个。

我乘丈夫不备，把手机放回皮包时，悄悄把手机关机了。

在梦幻乐园，不需要任何连接外界的工作。我早就该这么做了。

丈夫和奈波拿出游戏机玩了起来。队伍中的其他孩子也几乎都在玩游戏。现在的孩子生活中有很多娱乐，可能不觉得这里是梦幻乐园，但无论大人、小孩，脸上都露出开心的表情。这里有这么多人，观察一下周围人也很有趣。

最开心的是……排在我们前面的那对情侣。两个人都二十五六岁，可能刚交往不久。男生自我介绍说，大学时曾经参加网球社，女生腼腆地笑着附和，感觉很可爱。

仔细想一想，我发现我的年纪和她差不多，却从来没有像她那样心像小鹿乱撞的约会经验。

岛上没有大学、短大或是专科学校。虽然我家仍然维持着封建制度，但从我读高二时开始，父母一直要求我用功读书上大学，我以为终于可以离开岛屿，所以拼命苦读，但在报名时，父母才提出了条件。

只能读可以从家里通学的学校。

由于岛上有高速巴士，本岛的本县某些学校的确可以住在家里通学，但我做梦也没想到他们会提出这样的条件。我质问来和我谈这件事的母亲：

“爸爸可以读东京的大学，我为什么不可以？”

“因为爸爸是这个家的继承人，可以去自己想去的地方读大学。而且，去东京读大学不是很花钱吗？不过，如果你可以考进东大，就另当别论了。”

我从来没有听过岛上有任何人考进东大。

“那我不想读大学，我毕业后就去工作。”

我真的希望离开岛屿独立生活，不受祖母和母亲的干涉。我认为这并不是不可能的事，因为只要踏出豪宅一步，就是男女平等的社会。

“别开玩笑了，如果田山家的孩子不去读大学，奶奶不知道又要说什么了。”

“这和奶奶没有关系。住在一起的话或许没办法，但奶奶为什么要干涉我的将来？我又不是田山家的牺牲品。”

“什么牺牲品，别把自己说得好像是悲剧女主角……如果你是儿子，我的日子或许可以过得比较安稳，无论是上高中还是大学，都可以去你想要去的地方。”

“儿子、儿子，儿子有这么了不起吗？我们家还停留在什么时代？还停留在这个家最昌盛的时代吗？我要去找工作，努力工作，不会输给男人，自己赚钱养活自己。如果有麻烦的婆婆和家庭，我情愿一辈子不结婚。”

“你只想到你自己。如果是儿子，在规划自己的人生时，就会考虑到现在的家庭和未来的家庭，你只想到自己的事。男人和女人在这种地方就是不一样。你是这种人，为什么还要特地花钱让你去遥远的学校读书？”

“儿女存在的目的只是照顾父母吗？女人除了生孩子以外，就没有其他价值吗？既然这样，你应该多生几个孩子，搞不好也可以生出儿子，也许就不需要这么抬不起头了。”

“我也想啊！但是你出生的时候不安分，对我的子宫造成了伤害，我无法继续生育了。为了这件事，我不知道听了多少难听的话……但是，比起奶奶的话，你说的这些话更加残酷。”

“为什么非要把孩子绑在家里？”

“因为你是田山家的孩子啊……”

原来我的存在，只会对母亲造成伤害，我越是表达自我主张，母亲只会越难过。既然这样，我就尽可能听他们的话，为父母做一些如果我是儿子就理所当然愿意接受的事。

我就读了可以从家里通学的女子大学，也在可以住在家里的范围内找工作。身为继承人，在乡下也能获得稳定收入的职业就是当老师。于是，我修了教职课程。

大学四年级时，我回母校白纲岛南高中实习了两个星期。

我们这一批总共有三男四女七个实习生，去东京和大阪读大学的人都在教师办公室谈论着如何怀念这座岛屿，但对我来说，实习地点比我读的大学离家更近。我觉得加入他们的谈话很无聊，所以就在不远处旁观，刚好和站在墙边的男生四目相接。

我记得他叫平川，看起来和以前一样，还是一副小老头子的样子，但也可以说是没什么改变。我心里这么想着，向他微微欠着身，他也举起一只手向我打招呼。

“啊？麦当劳？不是都叫小麦吗？那甜甜圈先生呢？”

在教育实习生专用的会议室内，大家讨论着这些事。岛上没有麦当劳，也没有甜甜圈先生，那些打工、联谊的话题都和我无缘。

虽然大学位于可以从家里通学的地方，但路上需要花费很长时间，末班车的时间也很早，我根本没时间去打工或参加联谊。即使有在大学新认识的朋友邀约，只要拒绝三次，之后就不会再约我了。

看到曾经是乡巴佬的女孩越来越漂亮，穿着合身的套装，几乎认不出谁是谁，我心里很不是滋味。听到他们刻意地说东京话或关西话，我忍不住跑去图书室避难，发现平川也在图书室。

“是不是太吵了，根本没办法制作教案？”

“也不是说太吵，只是跟不上他们的话题，觉得不管是小麦还是麦当劳，根本都不重要……啊，你也是在东京读大学，真羡慕啊。”

在最初的自我介绍中，我知道平川读的是东京的大学，学生听到他的那所大学名字，忍不住惊叫起来。

“因为学校和住宿的地方都在郊区，所以和这里差不多。”

我无法反驳他：“不可能吧。”

因为我们都是教语文的，所以不时讨论课堂发表会在哪个年级的哪一班举行，哪份资料集很有用之类实务性的问题。有一次我提到很想去书店，但走路有点远，他就说刚好顺路，可以在放学后载我去。

我每天搭公交车去实习，平川则是开车。

那天之后，平川每天都会送我回家。公交车在学生放学时间每小时有三班，其他时间每小时只有两班。

他第三次送我回家时邀我一起吃晚餐，我说我妈会准备晚餐，所以拒绝了他。他又问：“那明天呢？”我默默地对他摇头。

我从来没有和男生交往过，也没有机会认识男生，但和平川在一起，我完全没有心动的感觉，也根本没把他视为恋爱的对象。

没想到……

“妈妈，还要排多久？”

奈波玩游戏玩腻了，拉着我的衣服，不耐烦地问。丈夫正认真地储存游戏记录。

“再等一下。”

我看着手表，用开朗的语气回答，但还要等四十分钟。对小孩子来说，排队两个小时可能太久了。

“妹妹你好，要不要和我玩猜拳？”一个牛仔打扮的男生走了过来，蹲在奈波面前，“如果你赢了，我会送你梦幻卡通人物的贴纸。”

“贴纸吗？我要玩，我要玩！”奈波兴奋地回答。

原来工作人员会陪等得不耐烦的孩子玩。梦幻乐园果然厉害。

“好，那就来比赛。不过，可不可以先问你叫什么名字？”

“平川奈波！”

奈波很有精神地回答。

虽然我放弃了自我主张，努力平静地过日子，不激怒祖母，但在教育实习的第四天晚上，我回家时，母亲把我叫去了房间。

“你是怎么回家的？”

“我同学开车送我回家。”

“同学？你别说谎了，对面的越野太太说，有一个看起来很苍老的男人开车送你回家。你该不会爱上有妇之夫了吧？”

邻居太太告密，误会越传越大。我怎么没想到让男生送回家，早晚会发生这种事？

“虽然他长得很苍老，但的确是我同学，也没有结过婚。”

“好吧。那他叫什么名字？住在哪里？读哪一所大学？家里有几个兄弟姐妹？该不会是长子或是独生子吧？”

压抑在内心的情绪终于爆发了。我不是一直都很听话吗？我整天忍耐忍耐再忍耐，难道他们还不满吗？而且还莫名其妙地误会我。

“你有病吗？他只是我同学，我们根本没交往。他只是送我回家，就要谈婚论嫁吗？就是因为知道会这样，所以大家都想离开这里。乡下老太婆搞不清楚状况，只会整天看电视，自以为很了解状况地说什么城市没有人情味，什么人情味啊，简直笑死人了！”

“怎么可以说我有病！即使是毫无根据的谣言，万一传入奶奶的耳朵里怎么办？既然你说得好像什么都知道，就该想到别人会传这些谣言。”

到头来，还是我的错。

我决定第二天不再让平川送我。即使要等两个小时，我也要搭公交车回家。但是，想要当美术老师的实习生提议，月底即将举办校庆，教育实习生也来制作作品参加展示，于是，大家留下来制作学校的模型。在制作模型时，我错过了末班车的时间。

我并没有忘记。当我提出要回家，否则赶不上九点的末班车时，大家理所当然地说，让平川送我就好。大家早就知道他每天送我回家，平川也一脸纳闷地看着我，好像在问：“为什么今天不让我送你？”

最后大家觉得教育实习还有一个星期，最好赶快完成，所以就在九点半结束，由平川送我回家。

“啊，不要特地送到家门口，我就在这里下车。”

我在离家一百米的地方对平川说，他回答：“反正都一样啦。”我家位于通往山麓的一条狭窄的私人道路旁，私人道路的尽头是民房，所以无法通行。一旦车子开进这条小巷，想要离开时，都必须把车子开到底，在民房前的一小块空地回转。

虽然我在这里住了十几年，但我几乎都是骑自行车，所以之前完全没有察觉这件事。想到他每天都这么麻烦，忍不住心生歉意，连连向他道歉，在家门口下了车。

目送平川的车子驶入巷底后，我打开我家那栋老旧日式房子的大门，往内走了三步……然后又回到小巷子。

我在门口等了一会儿，看到平川的车子回转后驶了过来。我轻轻举起了手。

平川停下车，打开了车窗。

“怎么了？忘了拿东西？”

“不，不是。要不要一起去吃饭？”

“如果你没问题，我当然可以啊。”

于是，我坐进副驾驶座，隔着车窗四处张望，确认四下无人，终于松了一口气，然后把手心冒出的汗擦在裙摆上。

玩了“西部探险”和“西部嘉年华会”这两个游乐设施后，我们走进餐厅吃午餐。已经下午三点了，所以并没有太多人排队，而且这里供应比萨和三明治，所以翻桌的速度也很快，在奈波抗议“我肚子饿”之前，我们就已经坐了下来，开始吃午餐了。

梦幻乐园禁止带外食，因为在梦幻乐园不可以吃便利商店的饭团，或是自己在家做的便当。在梦幻乐园，就要吃梦幻乐园的东西。

综合比萨、热狗、炸鸡块和火腿蛋三明治这些食物虽然很常见，但装在模仿梦幻鼠脸孔的塑胶容器中，立刻有了梦幻乐园的感觉。

“这样就要三千日元？”

丈夫的发言简直是在泼梦幻乐园的冷水。

“但这个容器可以折起来，以后学校开运动会时，刚好可以用来装饭团。”

“哇啊，运动会的便当可以装在这里吗？太好了。”奈波吃着三明治，兴奋地说。

听到她这句话，我立刻露出笑容，觉得三千日元太物超所值了。这应该就是梦幻乐园的魔法。

虽然餐厅附上了塑胶刀叉，但我直接用手拿起比萨吃了起来，味道很不错。

我每天都用心做三餐，偶尔吃这种食物也不坏。

虽然我坐上了平川的车，打算一起去吃饭，但除了酒馆和居酒屋以外，岛上的餐厅全都打烊了，平川把车子开上交流道。

我们经过白纲岛大桥，前往日本本岛。

虽然过了大桥，但平川和我都不知道附近有什么餐厅，最后走进国道旁的一家芳邻餐厅。这也是我有生以来第一次走进芳邻餐厅，我忍不住东张西望，终于知道原来大家生日的时候去的餐厅是这样的地方。但可能因为时间已晚，餐厅内并没有携带家眷的客人，只剩下几对情侣。

看了菜单，也不知道该怎么点菜，结果点了和平川相同的汉堡套餐，服务生送来空盘子和空杯子。原来这里有自助沙拉吧和饮料吧。原来要自己去装？我拿起盘子，战战兢兢地跟在平川身后去拿沙拉，却在不知不觉中，好像他女朋友一样质问他：“怎么可以不吃西红柿？”

吃饭时，我不停地问他东京的事。

“走在街上会经常遇到明星吗？”

“我从来没有遇到过任何明星。”

“你去看过电视节目的录像吗？”

“没有。”

“为什么？既然去了东京，真是太可惜了。”

“因为我没兴趣。”

“是吗？”

我们的谈话很不投机，但我发现平川竟然爱吃甜食，各点了两款不同种类的甜点，我们很开心地一起享用。

吃完饭已经十一点多了，我们坐在停在停车场的车上，平川发动了引擎说：“回家吧。”

“我还不想回家。”

不知道是否我说得太小声，被引擎声淹没了，平川没有回答。

“我不想回家！”

我大声叫了起来。平川一言不发地开着车。他沿着来路折返，看到了交流道的牌子，但他没有继续往前开，而是驶入了岔路，把车子停在闪着橘色灯光的旅馆停车场。

熄了引擎后，平川没有下车。我也坐在那里不说话。这份沉默不知道持续了多久。

“是我误会了吗？”平川看着前方问。

“你没有误会。”

“但是太突然了，很奇怪。即使你有什么烦恼，心情不好，也不需要去这种地方。如果你愿意，我可以当听众。”

“不是这样的。如果你不愿意就算了，我既不漂亮，也很土。如果你不愿意，干脆直接告诉我。”

我故意用这些伤人的话把自己逼入绝境，忍不住懊恼地哭了起来，却觉得好像是平川对我说了这些话。我放在腿上的手用力握拳，不停地哭泣着，没有擦脸上的泪水。

“我说了，不是这样。”

平川有点畏缩地把手放在我的右肩。

“夏天的时候，我们一起去东京梦幻乐园吧。”

“啊？”

他突然提到这个意想不到的地方，我抬起了头。

“高一的时候，学校改变了校外教学的地点，你好像很遗憾。田山同学……不，小梦，你当时不是送了我书签吗？我那时候很开心，很希望上大学后，可以和你一起去。但你也知道，我长这样，而且听说你是大家闺秀，只好放弃……现在也不敢有什么非分之想。”

这时我才想起，原来我当时把书签送给了他。

“为什么那么想去梦幻乐园？”

“我也不知道为什么。我妈身体很虚弱，所以我们家从来不外出旅行，我对旅行这件事充满了憧憬。每次放假结束后，那些去旅行的同学就在班上吹嘘，其中去梦幻乐园的家伙好像真的很开心。可能是这个原因吧。”

“和我一样。”

“是吗？那我们一起去。一言为定。不要住在我的破公寓，我来预约梦幻乐园酒店，到时候……”

平川没有继续说下去。

平川说得对，我并不是因为想和平川在一起才不想回家，而是因为不想回家，和害怕回家之后将面对的可怕发展，以及不愿意去想这些事。但是，当平川邀我一起去东京梦幻乐园时，我对他产生了另一种感情。

“那时候归那时候……”

平川什么话都没说，用力握住我的手。这个动作似乎变成了暗号，我们一起下了车。那天我才第一次知道，平川就住在南高旁，每天不只是在我家的巷底回转，还是特地绕远路。

那年夏天，我们没有去东京梦幻乐园。

因为我严重害喜。

吃完午餐后，我们走进名为“梦幻熊找蜂蜜”的游乐设施，走进蜂蜜罐后，在森林中探险。我们已经完成了旅行导览书上介绍的“东京梦幻乐园五大必玩游乐设施”。

每个游乐设施都像电影布景般巧夺天工，简直是梦幻乐园中的梦幻乐园。身处这样的空间，感受悠闲的心情，享受刺激的游戏，时而惊讶，时而哈哈大笑，即使需要排很长时间的队，仍然觉得很值得。

奈波的脸上和手臂上贴着猜拳游戏得到的贴纸，显得满心欢喜，但是……

我并没有梦想实现的感觉。

这里并没有不如我的想象，我也没有感到失望，相反地，这个梦幻的世界超乎了我的想象，我也充分乐在其中，但是……内心这种不畅快的感觉到底是怎么一回事？

我真的这么渴望来到这里吗？我是为了得到这种程度的满足，才做了那种事吗？

和平川在破旧的酒店度过一晚的翌日早晨，我回到家中，母亲没有责备我彻夜不归，而是告诉我祖母去世了。

祖母每天晚餐后，都习惯用庭院的井水吃药。母亲平时都会在水壶中装好水，放在祖母房间门口，那天刚好忘记了。那并不是母亲第一次忘记。

祖母好几次不顾她从主屋到偏屋的距离比去水井更远，气急败坏地冲到偏屋，破口大骂母亲没有为她装水。那天母亲去町内会开会，所以她想骂人也找不到人。虽然父亲才是町内会的干事，但每次遇到需要沟通的麻烦事，他都会找母亲代劳。那天也是因为父亲对庙会是否不再请儿童抬神轿这种事完全没有兴趣，所以请母亲代为前往。

祖母知道母亲九点开会，所以自己去水井旁汲水，刚好那时候发病，倒在庭院内，没有人发现。当母亲十一点回家时，祖母已经断了气。

母亲哭着说，是她害死了祖母。

你不是早就在等待这一天吗？我很惊讶地冷眼看着痛哭的母亲，完全没有流一滴眼泪。

母亲为祖母的死感到难过吗？觉得祖母是因为自己而死，基于罪恶感而流泪吗？看着哭泣的母亲，我终于发现原来多年来，我和母亲的想法并不一样，所以无法开口对母亲说出真相。

我回到家时，一踏进大门，就看到祖母倒在水井旁。我听到隐约的呻吟，似乎听到她叫我的名字，但我没有走去她身旁，而是转身走出大门，等待平川的车子掉头回来。我的手心不停地冒汗。

我害怕的是，当我回家时，祖母还活着。

所以，听到她死了，我松了一口气，对自己的见死不救完全没有丝毫的罪恶感，感受着终于获得自由的解脱感和平川留在我身上的味道。

但是，我如今的生活也没有丝毫的自由。

“距离大游行还有一个小时，是先去占位子，还是去玩一玩？”

丈夫抬头看着向晚的天空问。我不想再玩什么，再加上有点累了，很希望坐下来休息，顺便占位子。

“占位子——”

“爱洛公主！我要去玩爱洛公主。”奈波大叫着，打断了我的话。

“对啊，奈波喜欢睡美人。”

丈夫想起这件事。虽然梦幻乐园的童话故事中有人鱼公主、白雪公主、灰姑娘等很多公主，但奈波最喜欢爱洛公主。我不知道沉睡一百年、等待有人来救的公主到底有什么魅力，但她从去年开始，就一直说以后想当爱洛公主。

“嗯，妈妈也想去。”

来到爱洛公主的游乐设施前，发现只要等二十分钟。我和奈波在复习故事时，就轮到我们了。我们一家三口坐在四人座的玫瑰花形状的车厢内。

公主的生日宴会上，心地善良的魔女纷纷祝福公主，这时，坏魔女出现了，对公主下咒。

“公主将在十六岁生日那一天，手指被纺锤刺破，永远陷入沉睡。嘿嘿嘿嘿嘿……”

“好可怕。”

奈波紧紧抱着我，我不禁莞尔，但也忍不住感到有点失望。眼前这个童话世界的质量完全无法和今天玩过的其他游乐设施相比，公主和魔女都画在夹板上，一看就知道是塑胶做的荆棘林，灯光太暗，音效也太可怕……

但是，不知道为什么，我突然感到兴奋不已，内心深处涌现一股热流，脸颊和指尖都隐隐作痛，好像快麻痹了。

当盘踞在天花板的荆棘藤蔓和王子的剑一起从头顶落下时，明知道不会打中自己，但还是忍不住尖叫起来。坏魔女临死的惨叫声和烟雾一起迎面扑来。当来到明亮的婚礼场景时，我才终于松了一口气。

我们走下车厢。这是一个前后只有五分钟的小型游乐设施。

但是，我为什么泪流满面?

“妈妈，你怎么了?”奈波担心地看着我。

“可能是最后的烟跑进眼睛里了。”我笑着说，但仍然泪流不止。

“爱洛公主很好玩，坏魔女的脸超可怕。”

脑海中响起这个声音，我已经忘了是谁说的这句话。我看到自己满脸羡慕地听同学说这句话的样子，然后很快就消失了。我终于知道自己为什么流泪。

这里才是我渴望的东京梦幻乐园，不是在这十年期间新落成的热门游乐设施。我一直渴望的是那些来自离岛的孩子，在梦幻乐园一探究竟后，回到岛上双眼发亮地谈论的游乐设施。

我渴望的游乐设施并不出色，却完全没有感到失望，内心充满了梦想终于成真的充实感。如果我小时候来这里，一定会更感动，一定会向其他同学炫耀。

不，我可能会对同学说：“其实也还好啦。”但只有去过梦幻乐园的人，才有资格说这句话。

“小梦，我们去看大游行。”丈夫拉着我的手说。

对了，除了爱洛公主以外，不是还有另一个想要看的项目吗？

“嗯，一定要看。奈波，走吧！”

我回握着丈夫的手，用另一只手牵起了奈波的小手。

对梦幻乐园的渴望把我身为人类的某种重要感情燃烧殆尽，我因此得到的自由也只是幻影。

当我向母亲报告怀孕的事时，母亲哭着抓住我，一次又一次地骂我：“不要脸。”

平川通过了教师甄试，我和他在大学毕业的同时登记结婚。平川被派到白纲岛南高中任教，因为平川的母亲体弱多病，所以我嫁进了平川家。

当我舍弃田山的名字时，母亲扬言要“断绝母女关系”，但每年中元节和新年时，她就若无其事地打电话来问我什么时候回家。

父亲总是毫无预警地来到平川家，放下为奈波买的玩具后，连茶也不喝就离开。

平川的母亲三天两头儿地问我：“你想害死我吗？”但结婚八年至今，她从来没有感冒过。

平川的父亲和平川一样，个性温和体贴，却完全感受不到他的存在。

母亲最近去绘画教室上课，前几天收到她在课堂上画的作品，上面用朴素的文字写着“我想抱孙子”。

平川提议去东京梦幻乐园时，我觉得与其日后听他们数落，不如大家一起去。于是邀请了我的父母和平川的父母，但两家都是母亲拒绝了我。

平川的母亲说：“你知道我身体不好，我怎么可能去那么远的地方？”母亲说：“我不能去，否则会愧对死去的奶奶。”

束缚我的也许是祖母，但也许并不是祖母。

但是，我不想再觉得自己受到束缚，每当感到难过时，可以想一想这里，可以旧地重游。

因为我已经知道，梦幻乐园并没有那么遥远，不是需要花几十年才终于能抵达的地方。

《梦幻进行曲》的音乐响起……

云丝

《每朝新闻•早报》

× 日晚上八点左右，O市白纲岛警察分局接到报案，得知歌手黑崎宏高（本名为几贝宏高）从三浦海岸的悬崖跌落。黑崎先生被正在岩石区钓鱼的钓客救起后，由救护车送至岛内的医院，但至今仍然昏迷不醒。

现场并未发现遗书，有多名钓客听到黑崎先生曾经大喊："别过来！"警方正在进一步侦查他杀的可能性。

* * *

黑崎先生的街头演唱深受好评，二○○×年，以《彩虹的缺片》一曲踏入歌坛，成为连续剧插曲的第二张单曲《来自远方》深受以十几岁年轻人为主的歌迷喜爱。上个月发行的第三张单曲《天空的尽头》第一次登上银河排行榜，获得第三名的成绩，是当今备受瞩目的年轻歌手之一。

*

早知道根本不应该回岛上。

看到手机屏幕上显示的是岛上的号码，我就应该警戒，但我考虑到万分之一的可能性，还是接了电话。万一阿母病倒了，或阿姐发生了意外。在那座岛上，我只有她们两个亲人，所以即使看到来电，也不应该接起电话，而是等对方挂断后，再打电话向她们确认。万一两个人都不接电话，再回拨来电未接那个号码，或是等待对方再度打来。

我完全没想过岛上会有谁打电话给我，全岛只有阿母和阿姐知道我的手机号码，其他人都在我高中毕业离开小岛的时候就断绝了往来。不，我原本就和任何人都没有关系，并不是我想要这么做，而是周围人不接受我，不接受我们一家人。

但是，不管我接电话前的心境如何，接了之后再来后悔也已经为时太晚。

“喂？宏高吗？好久不见。你知道我是谁吗？”

在听到他说“喂”的时候，我的体内就像条件反射般地涌出了酸液。我马上就知道是的场裕也，但我没有吭声。

“喂喂！你该不会忘了故乡的好朋友吧？我是的场啊。”

那绝对是开玩笑。我虽然和的场住在同一个城镇，他是我的同学，但绝对不是什么好朋友。我从来没有好朋友。如果有人叫我说出一百个朋友的名字，否则就要杀了我，我只能无可奈何地说出同学的名字，但绝对不会提到的场的名字。

我继续沉默，表达我最低限度的抵抗，的场不以为意，滔滔不绝地说了起来。

“老同学，你越来越红了。我昨天还和留在岛上的人一起喝酒，大家都说你太厉害了。虽然岛上出了大明星，但这里没有唱片行，所以每次你推出新曲，我就去本岛帮大家团购，然后吆喝一声‘同学们，大家带着CD钱来集合！’召集大家来面交。”

的场是不是把黑崎宏高当成是另一个同学了?

“之前我和你之间发生了一些事，我对你感到很抱歉，所以，我带着反省的心情支持你。而且，我真的很喜欢你的歌，这次的新单曲《天空的尽头》特别赞。”

之前他把我当人渣，现在因为歌曲对我刮目相看吗?

“谢谢。”

我脱口说了这句话。

“我有一件事想要拜托你。”

酸液再度涌现。的场不可能为了说这些称赞的话，特地打电话给我。在捧我之后，接踵而至的就是棘手的命令。我早就知道他的招数了。

“你下个月要不要回岛上一趟?我们公司要举行创业五十周年纪念宴会。”

的场家经营铁工厂。随着大环境的经济不景气，全岛的其他产业都每况愈下，但的场铁工厂开发出新的加工法，和大企业签了独家合约，得以维持良好的业绩，是岛上唯一稳定的企业。

“可不可以请你来当嘉宾？日期可以配合你，你说几个方便的日期。”

我向来无法拒绝他的命令，因为我无论个子、体力和腕力都不如他，但是，我已经不是过去的我了。

“不好意思，我不能擅自接受工作的邀约，可不可以请你联络经纪公司？”

“什么？我已经直接和你联络了，为什么还要这么麻烦？我们五百人规模的宴会都愿意配合你的日期，这么有诚意地拜托你。”

“但这是规定。”

“你嘴上这么说，其实是想通过经纪公司拒绝吧？”

“没这回事。”

“那你会答应吗？”

“我没办法保证，我接哪些工作是由经纪公司决定的。”

“经纪公司，经纪公司，明星还真不自由，都完全没有假期吗？”

“不，每个月可以休假三天左右。”

“那你就利用其中一天回岛上探亲，就当作来我家玩，顺便参加宴会。这么一来，就不算是工作，也不必通过经纪公司了。我之前看到周刊杂志上报道，其他艺人也经常私下参加老家的庙会之类的，就这么办。”

“但是……”

我应该对他说，完全没有任何假期，我太老实，太没出息了。

“对了！我不该说什么嘉宾，宴会也会邀请员工的家属参加，所以你就作为你大姐的家属来参加就好。”

阿姐在的场铁工厂上班，虽然我讨厌的场，但这和阿姐在岛上最稳定的公司上班是两回事。我以为他会说，如果我不参加，就要开除阿姐，但他只是董事长的儿子，应该没有这么大的权限，只不过的场亮出了具有同等效果的王牌。

“你妈也会来。你来的话，大家都会很高兴，你妈看到那个场面，应该会为你感到骄傲。你妈是员工家属，所以只能视为普通出席者，但如果你愿意来，可以安排她坐在嘉宾区，就坐在你旁边，这是你表现孝心的大好机会。”

他向来没有把我的阿母放在眼里，为什么现在提到她?

“你的电话也是她告诉我的，我和她提到宴会的事，她很高兴地问你是不是真的会回来。你有打电话给你妈吗?”

我无法拒绝他。

“而且，不管怎么说，和老家的人搞好关系很重要。听说最近有周刊杂志的记者来岛上打听你的事，至于大家要怎么回答，完全取决于你的态度。”

他亮出最后一张王牌，我只好把下个月休假的日期告诉了他。

我在挂上电话的同时，冲到洗手台呕吐。

头痛欲裂，但我告诉自己，并不是什么了不起的事，只是作为阿姐的家属，和阿母一起去出席宴会而已，他并没有叫我上台唱歌。即使他临时叫我唱，我只要坚称这样违反和经纪公司之间的合约，他也不至于强迫我上台。我也当然不会带吉他出门。

只要忍耐几个小时就好。

虽然我很想倒头睡觉，但还是再度拿起电话，拨了和刚才那通电话相同的区域号码。铃声响了三次，阿母就接了起来。

“阿宏，你要回来吗？”

的场想到要邀我参加宴会时，这件事似乎就已经决定了，但是听到平时很少联络的阿母在电话中兴奋的声音，我还是感到很高兴。她问我有没有特别想吃什么，我说想吃红烧鱼，她更兴奋地说：“包在我身上。”这更促使我下定了决心。

但是，有一件事必须说清楚。

“阿母，不要随便把我的电话告诉别人。”

“哎哟，我可没有告诉陌生人，只告诉好朋友而已。”

“我和的场的关系并不好。”

“你在说什么啊？的场很支持你。在路上遇见他时，他都很有礼貌地向我打招呼，阿母真的很高兴。不光是的场，大家都会和我打招呼。阿宏，都是托你的福，谢谢你。”

我不忍继续责备阿母，只好留下经纪公司的电话，告诉她如果日后有人找我，请她留这个电话给对方，可以确定找到我，然后才挂上电话。

阿母、阿姐和我，岛民向来对我们一家三口不理不睬，但这是有原因的。

因为阿母杀了阿爸。阿爸每天晚上喝得酩酊大醉，还对家人拳打脚踢，阿母终于忍无可忍，有一天晚上，用菜刀从背后捅死了阿爸。

当时我才一岁，对命案毫无记忆。比我年长五岁的阿姐似乎记得这件事，说那是无可奈何的事，毫无怨言地接受了阿母所做的事，但是，我无法像阿姐这么豁达。

任何人都不应该动粗，但不需要动手杀了动粗的人。而且杀害的对象是一对儿女的父亲，无论是在经济上，还是在社会生活上，孩子都需要有一个父亲。难道阿母没有想到为一对儿女而踩刹车吗？难道不能用离婚解决这件事吗？

至少……在刑满出狱后，她没有想过带着我们去一个全新的地方重新生活吗？因为外公外婆葬在这里，所以不能离开岛屿。我听阿母这么说过。但只要每年回来扫一次墓，不就可以解决问题了吗？

因为阿母的关系，我在岛上生活期间，一直背负着“杀人凶手的儿子”这个沉重负担。岛上的小孩子认为，对杀人凶手的儿子不理不睬、对他动粗、藏他的东西都是理所当然的。的场更是乐此不疲。

我对经纪公司老板说，高中毕业至今七年，这是我第一次回岛上，老板说，那就回家好好休息，多给了我一天的假。我搭新干线在F车站下了车，搭上了高速巴士的末班车。

白色的白纲岛大桥浮现在黑暗中，但过了大桥，就什么都没有了，整辆巴士就像沉入了海底。海边零零星星的民房灯光渐渐消除了我这些胡思乱想，一眨眼的工夫，就已经过了桥。这座大桥这么短吗？

巴士穿越了岛屿后来到终点，我在终点搭了出租车。穿越以前岛上最大造船厂所在的海岸线就是南东町。出租车停在村落最角落、亮着小灯的房子前。

阿母煮好了红烧鲷鱼等我回家，她告诉我，阿姐临时出差，在我进家门前不久才刚离开。我把红烧鱼吃得精光，野猫一定恨我没留几口给它。阿母为我切了橙子。

“阿宏，明天的宴会从两点开始。我知道你很累，不过，上午可不可以去小真家一趟？”

小真是阿母的妹妹，我叫她真知子姨。

“为什么？”

“因为小真就像是你妈妈，你难得回来一趟，当然要去看看她。小真整天都在聊你的事，要心存感激。”

要心存感激——这句话是阿母的口头禅。真知子姨是阿母在岛上唯一的亲人，在阿母服刑期间，阿母把我们姐弟托付给她照顾，的确应该对她心存感激。但我为什么要感激她？我又没做什么坏事。

“只要去坐一下，五分钟就好。”

从南东町开车到中町大约十五分钟。

“阿姐留下了车钥匙。”

我无可奈何地点了点头。

吃完饭，我说要去散步，走出了家门。

岛屿周围有九成是平缓的海岸，但南东町是离村落所在的海岸线有一点距离的地方，有一片陡峭的断崖。路灯的灯光照不到悬崖，可以看到满天繁星，是我最喜欢的地方。阔别七年回到这里，却看不到任何一颗星星。

原本只打算在门口打声招呼后就回家，但真知子姨拉着我的手说："你进来坐一下。"把我拉进了客厅。看到门口放满了鞋子，我就察觉到有点不妙……阿姨打开纸拉门，里面坐了十几个和阿姨年纪相仿的女人，对着我热烈鼓掌。

"小宏，大家都是你的粉丝。"

原来我来这里并不是阿母昨晚临时想到而已。

"和大家打声招呼，等一下再为大家签名。"

我来这里不是为了做这种事……我没有勇气对她们这么说，然后拂袖而去。再加上也许是因为我不认识这些人，不会勾起我对往事的回忆，所以才能够接受。

"谢谢你们一直以来的支持，希望以后也多多支持我。"

说完，我又向她们鞠了一躬，响起了更热烈的掌声。每个人手上都拿了一二十张签名板，简直让人以为她们把整座岛上的签名板都买来了；但我没有露出丝毫的不耐烦，应她们的要求，写上她们的名字，写上歌名，写上留言，满足她们提出的所有要求，签完每一张，还和她们握了手。

而且，我还勉强收下了写给和我同一家经纪公司的资深演歌歌手杉田大作的信。

"这个可不可以请你收下？"

最后一位大婶递给我一个没有写名字的信封。是给我的吗？

“你可以现在看一下吗？”

大婶笑着问我，我拿出信纸打开一看，上面写着“当我发现时，已经坠入了爱情的陷阱……”完全看不懂到底在写什么，不像是信，有点像是诗。

“怎么样？是不是一首好诗？这是我女儿写的，她想当作词家。你不觉得她很有才华吗？”

“是，是啊……”我笑着敷衍道。

“可不可以用于你下一首曲子？”

“这……”饶了我吧。

“我想也不太适合。”

听到她不再坚持，我松了一口气，但我高兴得太早了。

“她写的是女孩子纯洁的恋爱，所以和你的形象不太符合。但是，麻衣子和你是同一家经纪公司吧？你不觉得和她的感觉很吻合吗？你可不可以带给麻衣子，问她合不合适？可以把问她的结果直接回复我，也可以通过真知子告诉我。”

麻衣子是去年踏入歌坛的师妹，她的歌细腻地刻画了女生为恋爱烦恼的心情，所以很受十几岁女生的喜爱，但眼前的大婶要我回复她，实在太强人所难。

“我做不到。”

“为什么？我并不是要求她一定要唱，只是希望你问一下麻衣子觉得怎么样而已。”

“但是……”既然这样，她可以自己寄给麻衣子啊。

“小宏，那你就代为转交一下嘛。”

真知子阿姨插嘴说。

“你也不是靠你自己的努力成为歌手的，因为有大家的支持，才有今天的你。为什么不愿意帮别人一下呢？想当年为了照顾你和你姐姐，我吃了不少苦。因为姐姐的关系，我被迫解除婚约，真的想一死了之。当时，是这些‘棉帽子会’的姐妹支持了我，因为有她们的支持，你才能够长大成人。”

我只能收下了。因为真知子阿姨一直单身，在食堂工作，照顾我和阿姐整整五年，即使她每天晚上不是唱摇篮曲，而是不停地咒骂阿母也一样。

“太好了，我女儿一定很高兴。”

“小宏，谢谢你。我们等一下要开例会，你可以回家了。要好好加油，小心别感冒了。”

进门的时候一直把我拉进来，离开的时候却是我独自走去玄关。

不知道是否因为很少被抱、整天一个人的关系，我遥远的记忆都是关于天空，在我懂事之后，也整天仰头看天空。我想去那里。每次仰望天空，这种隐约的想法就变成了强烈的愿望。

小学二年级，在阿母出狱前不久的某一天，我像往常一样仰望着天空。蔚蓝的天空中，有一道白色的飞机云，我觉得那是一条云做成的绳子，幻想着有一天，那条绳子降落，把我带去另一个世界。

那天晚上，我悄悄告诉阿姐这件事，她对我说：“那不就是芥川龙之介的《蜘蛛丝》吗？”原来除了我以外，也有人希望有绳子从天而降。我很想看那本书，请阿姐帮我从图书馆借了回来。阿姐为我借了绘本，让我更容易理解内容。

绘本中完全没有蓝天，一下子就出现了地狱。蜘蛛丝从天而降，出现在在地狱挣扎的男人面前。男人生前救过那只蜘蛛，所以释迦牟尼对他展现了慈悲。

那不是云，是蜘蛛啊，而且是蜘蛛丝。很难顺着蜘蛛丝爬上去，更何况一扯就断了，可飞机云也会断。但是，想要逃离这里的想法越强烈，蜘蛛丝应该也会越牢固吧。

蜘蛛和云，这两个词的发音相同，也同样都在地狱。

我开始喂野狗吃面包，希望得到释迦牟尼佛的慈悲，开始等待蜘蛛丝从天而降，但阿姨发现野狗开始在家赖着不走后，狠狠骂了我一顿。

回到家后，阿母说她不能去参加宴会了。

“因为我临时要帮别人代班，所以，你一个人去吧。”

阿母在连接白纲岛和相邻的鱼崎岛的渚渡船码头工作。

“那我也不去了。”

“阿宏，这怎么行？这样会给的场和公司的人添麻烦。”

“和我没关系啊，我根本没理由要帮他，而且以前还一直被他欺负，我临时爽约，心情反而更畅快。”

阿母难过地皱起眉头。

“阿宏，你这么善良，怎么会说这种话？你当歌手应该不是为了报复吧？”

“好，我去总可以吧。”

“谢谢，虽然阿母没办法亲眼看到，但可以想象你受到大家欢迎的样子。”

于是，我只好开着阿姐的车子，独自去参加宴会。

我从来没想过自己是为了报复，只是一心想要离开这座岛屿。所以，高中毕业进入大阪一家经销运动用品的公司后，我就碌碌无为、胸无大志地过日子。因为阿姐留在岛上，所以我也不必担心阿母的事。

每年员工特卖时，我会买 POLO 衫寄回去给她们，阿母每次都会开心地打电话向我道谢，叫我多注意身体。

我的工作主要是送货。我和比我年长五岁的前辈坐上货车，去各家签约门市送货。虽然我在进公司的同时考取了驾照，但公司不可能让我这个在离岛长大的人在大阪的路上开车，所以每次都是由前辈开车，我整天坐在副驾驶座上，仰头看着天空哼歌。有一次，前辈对我说：

“你唱歌很有味道。”然后，他把亲戚大叔送给他之后一直塞在壁橱里的旧吉他送给我。这是我第一次被人称赞，开始废寝忘食地练吉他，只不过在公司宿舍的旧公寓练习会吵到邻居，所以每次都去公园。

在天空下弹吉他唱歌，身心都获得解放。

即使想起阿母，也完全不会想到她犯过罪。

从第二年开始，在我练习弹唱时，渐渐有人聚集。有一天，一个经纪公司的星探问我：

“有没有想过不是在天空下，而是在天空上唱歌？”

云丝降落在我的面前。

我比的场指定的时间晚了五分钟抵达宴会会场所在的南町市民中心，却完全没看到任何宾客。“这里，这里。”的场从通往礼堂后门的通道走了出来，把我带去后台。

会议桌上堆满了签名板。

“宴会三点开始。因为我想请你签名，所以才跟你约了两点。这些签名板要发给今天来参加的人每人一张。”

“有五百张吗？”我果然不应该来这里。

“动作快的话，一下子就签完了吧。在向别人炫耀见过你时，比起只是嘴上说说而已，有证据的话应该更高兴吧。开店的人搞不好会把签名板挂在店里，也可以达到宣传效果啊。”

怎么可能？

“另外，可不可以请你唱歌？”

“不好意思，这违反了我和经纪公司之间的合约。”我在这件事上果断拒绝了。

“那就算了。你能来就已经够给面子了，但签名板就麻烦你了。”

的场说完，匆匆跑走了。

我机械式地开始签名，十五分钟就签完了五百张。

回到大厅，发现礼堂门口放着一排花篮，岛内外主要往来客户的公司都送了花篮，但我看到了麻衣子和杉田大作的名字。的场正在接待柜台前。

“那两个花篮是？”

“我传真去你的经纪公司，说这次邀请你以嘉宾的身份参加故乡白网岛举行的宴会，可不可以请麻衣子和杉田大作说几句话，作为意外惊喜。结果经纪公司说，请他们说话可能不太方便，但分别以他们两个人的名义送了花篮。”

“为什么做这种……”

“不必担心，麻衣子是你的师妹，杉田大作虽然是大牌歌手，但已经过气了，你根本不需要害怕。已经有来宾陆续抵达了，大家看到花篮，都觉得你很了不起，对你刮目相看。那些老头子虽然听不懂你的歌，但看到杉田大作也送你花篮，就会对你刮目相看。至于麻衣子，我是她的歌迷，所以就搭一下顺风车。”

不要乱来！

这句话几乎冲到了喉咙口，但刚好有来宾走到柜台前，我转身离开了。

岛上的事也就罢了，都怪我自己要回来。但为什么要闯入我的世界？那不是你可以随便开口拜托的世界。你只要活在自己的世界不就好了吗？因为对你来说，这座岛屿并不是地狱。

你根本不知道我花了多少努力，饱尝了多少辛酸，才终于走进对面的世界。

虽然被星探相中，但我并没有立刻踏入歌坛。我抓住云丝后，向公司辞职，来到了东京。我没有告诉经纪公司，阿母犯过罪。如果身上背负太多负担，云丝就会被扯断。即使没有这些负担，我也不知道自己是否能爬到顶端。

发声练习、吉他特训、作词、作曲……我废寝忘食地努力，付出了心血和汗水，两年后，终于以黑崎宏高的名字踏入歌坛。这是经纪公司的老板帮我取的名字。

经纪公司的履历上并没有公布我的出生地。

宴会开始了。的场的父亲的场董事长走上舞台致辞。

“各位好，请容我在此对各位莅临的场铁工厂创业五十周年的纪念宴会表达由衷的感谢。”

他简单介绍了的场铁工厂的历史，服务生把香槟送至宾客手中。

“接下来要请各位干杯，但在此之前，要宣布一个特别的好消息。今天我们邀请了白纲岛诞生的超级明星黑崎宏高——也就是几贝宏高——以特别来宾的身份参加这场宴会。”

会场内响起如雷的掌声，的场催促我上台，站在的场董事长旁边。我不是只是普通来宾吗?

“回想起来，二十年前，宏高家发生了惨剧。”

我怀疑自己听错了。现在为什么要提那件事?的场董事长没有看我一眼，把这件事当成众所周知的事实，但一些小孩子和看起来像是从岛外嫁来的人在窃窃私语，搞不清楚是怎么回事。

“照理说，发生了这种事，宏高一家人会被岛民赶出岛的，但是我们没有这么做，而是伸出援手，尽力援助他们。”

他们做了什么？我努力吞下体内涌出的胃液。

“因为，宏高他们是我们的家人，这并不是以个人为单位的家人，也不是以南东町这个小地区为单位，而是包括今天聚集在这里的各位在内，整个白纲岛的居民都是一家人。”

“没错！”有人举起手附和。拜托，我怎么可能和你们是一家人？

“宏高可以随时回到故乡，向我们家人取暖。遇到困难时，可以随时找我们帮忙，因为我们永远支持你。请各位今后继续支持白纲岛的两大支柱黑崎宏高和的场铁工厂更上一层楼。干杯！”

我走下舞台，把没有喝过的香槟放在附近的桌子上，准备直接离开。

“宏高，你长大了。你还记得我吗？”

那一桌的大叔叫住了我。我完全不认识他。的场走了过来。

“这位是渚渡船的老板，你妈出狱后，就是他给了你妈一份工作，是你家的恩人。”

“哦……你好。”

“你妈工作很认真。之前我对她说，你儿子现在是大明星，别再那么辛苦，可以享享清福了。她说，她喜欢这份工作。帮了我很大的忙。你要好好孝顺你妈。”

我很想甩开他放在我肩上的手。

阿母出狱后，就在渚渡船当清洁员。二十年来，她每天打扫沾了晕船客人的呕吐物、大叔的痰和咬过的口香糖的渡船地板。除了身为杀人凶手的儿子，阿母的工作也成为同学欺负我的原因。

“你们家的什锦烧会加口香糖吗？”

小学四年级的某天午休时，住在渡船码头的同学突然这么问我。

“不，和大家一样，只加高丽菜、豆芽菜、猪肉、面条和鸡蛋。”

“用铲子吗？”

“对，比起装在盘子里用筷子吃，用小铲子直接在烤盘上热热地吃更好吃。”

“哇，好脏啊。喂，大家听好了，他家都用他妈拿来铲渡船码头地上口香糖的小铲子吃什锦烧。”

其他同学顿时纷纷调侃我。

“我看到他妈趴在地上用小铲子铲口香糖，真的好脏啊。没想到他妈还向我打招呼，叫我和阿宏当好朋友。”

“阿宏，你今天的点心是口香糖哦。”

这时，的场也一起加入。

“口香糖还算好的，上次我还看到他妈在公园捡狗屎。”

阿母每天清晨，天色才蒙蒙亮时，就去附近的公园打扫。并不是出狱后规定她要做这些社会服务工作，而是阿母主动想要这么做。我对这件事厌恶至极。

当我这么告诉阿姐时，阿姐说，阿母是在做公益，是很了不起的行为，把我臭骂了一顿，叫我不要抱怨。然后还提议隔天一起去帮忙，但不是和阿母一起出门，而是在她出门后不久才去找她，想要给她一个意外的惊喜。

阿母的身影孤零零地出现在公园内，正在用刷子刷饮水处。儿童用的饮水处很矮，阿母弯着腰洗刷的样子就像趴在地上的昆虫。

“阿母，我们来帮你。”

我和阿姐从后方悄悄靠近，齐声对阿母说。阿母的后背抖了一下，转头看着我们。阿母感到很为难，我立刻领悟到这件事。但阿母立刻露出亲切的笑容，我和阿姐把空罐和其他垃圾丢进带来的超市塑料袋。虽然看到了狗屎，但我不敢去捡，阿母用小铲子铲起后，装进塑料袋，丢进垃圾桶里。

“没看到附近有野狗，这绝对是别人养的狗跑来公园大便，知道阿母会来清理，所以饲主就懒得清理。”阿姐对阿母说。

“对啊。”我也表示同意。这并不是阿母的分内事。

“没关系，阿母并不是勉为其难地做这件事，不过，你和阿宏不必做这件事，小孩子不可以低头。”

这句话刺进我心里，但阿母说这句话并没有特别的意思。

“不然你们以后会像阿母一样驼背，驼着背写功课，会影响视力。之前看电视上说，要养成看远处的习惯。”

“难怪阿宏视力不错，他整天都在看天空。”

阿姐说完笑了起来。

阿母为了犒赏我们帮忙，从口袋里拿出零钱包，为我和阿姐各买了一罐果汁。“阿母，那你呢？”我问。阿母回答：“大人不喝这种东西。”我感到很不自在，但这是我家最大的奢侈。我小口喝着果汁，看着阿姐，发现阿姐的眼中有一颗很大的泪水。

“我再打扫一下，等一下就回去了。”阿母对我们说。于是，我和阿姐先回家了。

“真希望阿母也和我们一起喝果汁。”

阿姐小声地说。

“宏高，有没有喝酒啊？”

渚渡船的老板刚走，又有一个我不认识的大叔拿着啤酒杯走了过来。

“没有，因为我开我阿姐的车子来。”

我微微举起装了姜汁汽水的杯子说。

“你喝果汁吗？真没意思。明星在招待赞助人之类的不是也要喝酒吗？还是说，你这个大明星在一旁袖手旁观，让经纪人或是经纪公司跑业务的帮你喝？”

“没这回事……”

我喝了一杯又一杯，也被灌了一杯又一杯，最后喝坏了身体，医生不许我再喝了。

“你要学学裕也，你看看，他给大家倒啤酒，每一桌都去打招呼。”

这是的场家主办的宴会，他去为人倒酒、敬酒是理所当然的事。我看了一眼双手拿着啤酒瓶去各桌敬酒的裕也，大叔把脸凑到我耳边说：

“听说他明年要竞选市议员。”

“啊？”

“他在他爸爸的公司可以过得很安稳，但他认为需要年轻的力量，才能促进岛屿进步，所以打算辞职参选。他有两个弟弟，虽说可以把公司交给弟弟，他没有后顾之忧，但应该下了很大的决心。”

就算落选，还是可以回他爸爸的公司，哪里需要多大的决心？

大叔虽然一开始压低嗓门，但也许情绪越来越激动，说话也大声起来。

“我认为那孩子的确该出来担任公职，和〇市合并之后，岛上的议员只剩下不到一半，虽然觉得这样下去绝对有问题，但老年人只投资深议员的票，年轻人也没有参选的意愿。这场选战恐怕很不好打，你身为他的老同学，也要为他好好加油。”

原来的场找我回来是这么一回事。

“他在〇市的车站前演说时，你可以在宣传车上为他高歌一曲造势。我记得几年前，某家叫什么湾的电子公司的老板在参议员选举中，突然代表这个选区出马，他长得那么丑，也吸引了不少年轻女孩围观。换作是你，一定可以吸引更多人，也可以顺便宣传你的新歌，简直是一举两得的妙招。”

饶了我吧。

“还是说，由你来写一首竞选歌曲？啊，我竟然可以想到这么好的点子。竞选歌曲中当然要提到白纲岛，热血沸腾的白纲岛。要不要由我来写歌词？”

给我闭嘴，别再说了……

“老师，不好意思，我找宏高有点事。”

的场拿了一杯兑水酒塞在大叔空着的手中，接过大叔手上已经不冰的啤酒杯放在桌上后，推着我的后背。

“他人不坏，只是一开口就会没完没了，之前他对我说了两个小时白纲岛的历史。”

听说他是白纲岛南高中很有名的语文老师，在我们读高中时，就已经退休了。的场铁工厂请他编写了五十周年的公司史，所以今天请他以来宾身份出席宴会。

“谢谢你为我解围，对了……”

我正想问的场，是不是可以走了，被他打断了。

“对啊，我刚好有事要找你。我知道你很累，但员工的家属都是你的歌迷，他们希望和你合影留念，没问题吧？”

“等、等一下。”已经够了吧？

“怎么了？有肖像权的问题吗？对，一定有这个问题，那我会叮嘱他们，禁止上传到博客或是外流，这样就没问题了吧？他们在大厅等你，快去吧。”

我只好点头，跟着的场来到大厅。原本以为只是个人带着手机或数码相机在大厅角落拍一张而已，没想到那里已经用隔板隔出一个摄影区，后面放着写有“祝•的场铁工厂五十周年”的牌子和麻衣子、杉田大作送的花篮。

“大明星不可以让外行人随便拍，所以这次特地请来一位摄影师。”

那个摄影师正是小学旁那家照相馆“清武堂”的老板。

“我先为宏高拍一张单人照，我会放大后挂在照相馆门口作为纪念。”

如果哪天我出了事，他就会把照片提供给媒体吧。

阿姐在成年礼时，要穿阿母的振袖和服拍纪念照。对振袖和服来说，浅绿底色上白色和粉红色牡丹花的图案的确有点素雅，但老实说，我并没有想到我家居然有这么漂亮的和服。

真知子阿姨以前学过如何穿和服，所以由她负责帮阿姐穿。那天她们要开阿姐的车去买和服袜、和服内衣，我也想去书店，所以也跟着她们一起去。阿母去上班了。

“亚矢，你真的要穿那件和服吗？也可以穿我的。”

我以为阿姨在说那件和服图案太素雅。

“没关系，我很喜欢那件和服的图案。”

“但那是姐姐婚礼时穿的，而且……”

阿姨没有继续说下去，但我和阿姐都惊讶不已，阿母竟然把和自己杀害对象结婚时穿的衣服拿给阿姐，而且叫她在成年礼上穿。但我家不可能有钱买新的振袖和服，听说租一件也要花不少钱，为了让女儿在成年礼时穿上漂亮的和服，阿母应该是不得已才做出这么痛苦的决定。因为对阿母来说，恐怕很难再开口向阿姨拜托什么事。

“阿姨，你的和服是什么图案？”我问。

“紫色的底色上有晕染的樱花，比起我这种年纪，像亚矢那样的年轻人应该更喜欢这种新潮的设计。我以前很懂得打扮，也很会做衣服，我和姐姐穿的衣服都像城市人一样很有品位。”

原来阿母也有过那样的时代。我不禁有点难过。

“阿姐，那你就穿阿姨的吧。”

“嗯，但我还是想穿绿色的，那可是‘立如芍药，坐如牡丹’的牡丹，你不觉得很适合我吗？”

阿姐开玩笑地说。我决定不再说话。

“和服的事只能这样了。你打算去哪里拍照呢？”

真知子阿姨问。南东町只有一家照相馆。

“我还没预约，但应该会去清武堂吧。”

“不行！”阿姨听到阿姐的回答，立刻大声叫了起来，“命案发生时，就是那家照相馆提供照片给媒体，把被害人和加害人穿着漂亮和服、满脸笑容的合影散播到全国。”

“好像是……”

阿姐似乎还记得当时的事。最后决定去阿姨家附近的照相馆拍照，但她还是没有向阿姨借和服。

“在小真家穿好和服后，可以直接去那里拍照，也比较方便。”

阿姐向阿母报告，阿母点了点头，接受了这个提议。

我不要你拍我。虽然我有十足的理由可以对摄影师这么说，但我还是让他对着我按下了快门。当他对我说“笑一笑”时，我为什么无法不理会？幸好比起刚才在礼堂内，在这里拍几张照还比较轻松。

我带着这种想法，和将近一百人拍照、握手，宴会也接近了尾声。

只要的场董事长带头三呼万岁就结束了。没想到，站在台上的董事长再度叫了我的名字。我也要站在台上三呼万岁吗？如果这样就可以结束，姑且配合一下吧。我在的场的催促下走上了舞台。

“接下来，请大明星黑崎宏高和我们一起三呼万岁——在此之前，既然今天难得有这个机会，大家想不想听宏高唱一首歌？”

会场内响起掌声。

“等一下，没说要唱歌，会违反和经纪公司之间的合约，而且我也没有带吉他来。”

掌声中，我用只有的场董事长可以听到的声音说。

“不要这么见外，为大家唱一首嘛。既然嘉宾是歌手，不唱首歌也太奇怪了，大家都很期待听你唱歌。”

“但我完全没有准备。”

“不必担心，我们准备了卡拉ＯＫ。”

问题不在这里，我的喉咙还没有做好开唱的准备。

“我说宏高啊，可别让我们公司面子上挂不住啊。如果你破坏了宴会的气氛，你姐姐的日子恐怕会不好过吧。”

我咬着下唇，看着站在舞台前的的场，他皱着眉头，双手在胸前合掌，但我猜想一定是早有预谋。的场董事长看到我不再吭声，以为我已经同意了，转头看着会场说：

“各位久等了，黑崎宏高将为我们演唱他的新歌《天空的尽头》。”

会场内再度响起掌声，的场董事长把麦克风交给我，质量低劣的扩音器中传来《天空的尽头》的前奏。

虽然我下定决心唱了起来，但声音唱不出来，尤其唱副歌的高音时破音了，听众应该没听到我唱的什么。更糟糕的是，的场董事长在一旁打着走了调的节拍，导致我唱的节奏也有点乱。

太丢脸了。站在台上的我完全在出糗。早知如此，脱光衣服跳裸体舞还不至于这么丢脸，不如干脆死了算了……

终于唱完了。会场响起掌声，传来大叔的声援："好啊！白纲岛之星！"

不要鼓掌了，拜托你们，别再鼓掌了。

"宏高，谢谢你。接下来真的要三呼万岁了。为了预祝的场铁工厂迈向新的里程，还是成为白纲岛未来动力的年轻人比我这个老头子更适合，所以由我儿子来带领大家。裕也！"

董事长点名后，的场在更热烈的掌声中轻松地走向舞台。

"感谢各位今天的莅临，恕我僭越来带领大家。祝黑崎宏高、的场铁工厂和我们的故乡白纲岛今后更加繁荣昌盛，更上一层楼，万岁——"

原来这才是重点。

但是，我的工作还没结束。

我和的场一起站在出口，说着："请笑纳。"把我的签名板一张一张交给离开会场的人。

"这样简直就像是落魄的演歌歌手。"

的场觉得很好笑地说，我假装没有听到。我已经跨越这个阶段，成为受欢迎的歌手。员工家属都欣喜若狂地接过签名板，让我的心灵得到了安慰。

“记得转告你姐姐，改天约她一起吃午餐。”

有人不经意地表示和阿姐很熟，但这些反应都算可爱。一般民众离开后，来宾三五成群地走了出来。当我用双手递上签名板时，有人用手推开说：

“不，我不要。如果你可以在ＮＨＫ的红白歌唱大赛上表演，我就勉为其难地收下。但你不可能吧？家世清白也是登上那个舞台的条件之一。”

陌生的大叔说完，嘴角露出冷笑，对的场说了声：“加油啊。”转身离开了。

“我也不需要。”

后面的两个大叔也在我递上签名板之前，就举起一只手拒绝。

“完全不知道他在唱什么。”

“我也是啊，最后好不容易听到歌词，什么升上天空的尽头，那不就是升天的意思吗？太不吉利了，这种歌即使卖得好，也无法衣锦还乡吧。”

我拿着签名板的手在发抖。胃液涌到喉咙口，这次我无法再咽回去，把忍了一整天的委屈都对着那两个大叔喷了出来。

“对不起，他今天身体不舒服，忍着没说。”

的场立刻为我解围，向两个大叔鞠躬道歉，脱下上衣，拼命擦着我吐在大叔身上的呕吐物。

“你先回去吧，今天谢谢你。”

听到的场这么说，我逃也似的离开了。

我在洗手台前漱完口，走去停车场，发现车子的雨刷上夹了一封信，上面只写着“黑崎宏高收”。又想推销歌词吗，还是中伤？

如果阿母、阿姐不留在这座岛上，我就可以彻底断绝和这里的关系，她们简直就像是被挟持的人质。

我把信封揉成一团，丢在地上。

回到家，阿母正在下厨。

“我买了生鱼片回来。你刚才吃了很多好菜吗？”

阿母可能无法想象我受到了怎样的待遇，她只顾自己，只看到眼前的事，完全没有想到杀了丈夫会对儿女的未来造成怎样的影响。

“我胃有点不舒服。”

“怎么会这样！是不是昨天的鱼吃坏了？”

“不是，我躺一下就好了。”

说完，我走进客厅，发现矮桌上堆了将近二十厘米高的白色签名板。

“阿母，这些签名板是怎么回事？”

我隔着门问道，阿母用围裙擦着手走了进来，跪坐在榻榻米上。

“大家都拜托我，阿宏，等你好一点时拜托一下。”

“大家是谁啊？你有可以拜托你这些事的朋友吗？”

“渡船的人啊，还有邻居都很支持你啊，大家都借了你的ＣＤ来听，你很受欢迎，还有人抱怨等了很久都没有轮到。”

“他们只是借来听而已，算是哪门子受欢迎？”

“因为岛上没有卖啊……好啦，拜托一下，只是签名而已，有什么关系嘛。之前电视拍到你在签名，你不是还对着镜头说，很开心可以为大家签这么多吗？”

那次是我推出第三张单曲时，只限五百人入场的小型现场演唱会。

“那些人全都买了我的ＣＤ，寄了好几张明信片，只为了见我一面，甚至有人用打工存的钱搭飞机来看我。现在却好像逢人就发一张，太对不起我的歌迷了。”

“你别这么说，这些都是曾经照顾我们的人啊。”

“二十年来，他们对我们不理不睬也算是照顾吗？你根本只是在贱卖我。”

阿母无力地垂着头。

“那……我要怎么拒绝？”

“就说无法答应啊。”

这种话，我也说不出口，但那是因为我有人质被挟持了，阿母并没有人质被挟持。

“如果这么说的……”

“这么说会怎么样？”

“别人可能会恶整你啊，在网络上写你是杀人凶手的儿子，万一你以后再也无法上电视，阿母不知道要怎么向你道歉……真的对不起。”

阿母向我鞠躬，额头几乎碰到了榻榻米。

“你别这样。”

“即使我被别人骂几百次凶手都没关系，但是我希望你，希望你……可以干干净净。阿母不知道该怎么办，只能拜托神明，只要我做很脏的工作，你和你阿姐就可以干干净净……对不起，我这个妈妈太笨了。”

“别说了。”

阿母迟迟不肯抬起头，我绕到她背后，抓住她的手臂，想要把她拉起来；但只拉起了她旧运动衣的袖口，在她露出的纤细手腕大血管的垂直方向有缝过的伤痕，伤痕还很新，并没有和皮肤同化。

“这是怎么回事？”

阿母的后背颤抖了一下，用力甩开我的手，把手藏在缩成一团的身体下。

“你该不会是试图自杀吧？”

阿母没有回答，但她蜷缩的身体不停地颤抖，似乎在回答：“没错。”我想起的场在电话中告诉我，有周刊记者来岛上打听我的事。难道阿母也知道这件事，打算在黑崎宏高的母亲是杀人凶手这件事公之于世之前自我了断吗？

我以死谢罪，所以你们不要责备我儿子——她一定这么想。

是因为我成为歌手的关系吗？

是因为我的歌走红的关系吗？

是因为我想要走向天空吗？

“对不起，对不起……阿母。”

我才是被挟持的人质。

我从背后紧紧抱着蜷缩成一团的阿母，向她道歉。

吃完晚餐，我说要出门去买马克笔，因为阿母为我准备的签字笔太细了，签出来的名字感觉很寒酸。

“不用签了。”阿母对我说。

“谢谢。”我对阿母笑了笑，“既然回来了，我想去散散步，看看美丽的星空。昨天也去了，只是云层太厚了，没看到，今晚是最后的机会。虽然我讨厌这座岛，但喜欢岛上的天空，无论是白天还是晚上的天空，我都很喜欢。”

“小心车子。”

阿母送我出门时叮嘱道。

我沿着海岸线散步。房子越来越少，我沿着海岸的坡道往上走，走到坡道尽头时偏离了道路，摸索着走向岩石区，站在断崖的前端。抬头一看，一片星空出现在眼前。

我一直等待着云丝从这片天空垂落。

当我好不容易抓到时，我抓着云丝拼命往上爬，一味抬头看着天空，但是当我低头一看，发现有人也顺着云丝爬了上来。你们想干什么？为什么抓着我的云丝爬上来？

为了进入和你们不同的世界，我付出了多少心血，才终于爬到了高处，你们为什么要追着我不放？为什么理所当然地把我的云丝当成自己的？

即使我爬得再高，这个岛上的人仍然看不起我。他们以为既然不如他们的人可以爬到高处，他们当然也没问题吗？

走开，别过来，这是我的云丝。别过来，别过来……

“别过来！”

在大喊的瞬间，我头朝下地坠入了漆黑的大海。

*

伸手不见五指的黑暗中，听到了阿姐的声音。

阿宏，我们去帮阿母打扫。

对啊，说好今天早上要早起……

“阿宏！”

我睁开眼，阿姐大声叫着我的名字，探头看着我的脸。咦？是阿姐吗？看起来像阿母，但又像她们两个人相加后除以二。

哦哦，对了，阿姐和我都已经长大了。

“太好了，你终于醒了。”

从阿姐眼中滑落的泪水滴在我的脸颊上，我才知道自己还活着躺在医院的病床上。

即使云丝断了，我也不会死。我感受着这件事，再度闭上了眼睛。

再度睁开眼睛时，仍然只看到阿姐。

阿母在哪里？该不会……

“你在找阿母吗？”

阿姐问我。我点了点头。

“你因为阿母想要自杀，所以决定自己去死。为什么没有想到也有相反的可能呢？因为你想要自杀，所以阿母觉得她应该死。”

“该不会？”

“……你真傻。我对阿母说，当阿宏醒来时，如果知道你死了，他好不容易捡回一条命，还会再去寻死！阿母正在护理站，因为全国各地送来很多花和信，她去和护士讨论要放在哪里。”

“为什么会送来这里？”

“因为报道中说，你被送到岛上的医院，这里是岛上唯一的综合医院。”

“原来大家都知道我跳海……搞不好媒体在追查原因时，会查到阿母的事。”

“查到也没关系啊。阿母的确犯了罪，但她已经付出了代价，而且现在仍然在弥补自己做过的事。在你昏迷的两天里，阿母整天都在打扫，晚上也不睡觉，拿着手电筒在镇上，不，在整座岛上的公园和海岸打扫。”

“即使做这种事也……”

“你不是醒了吗？我一直叫你都没有反应，但说要去帮忙阿母打扫，你不是就醒了吗？”

“早知道我不应该回来。”

“宴会的事我已经听同部门的人说了，她兴奋地说，和你一起合影留念，听你唱了歌，结束时，你还亲自送签名板给她。昨天裕也来道歉，说你一定很痛苦，说是因为他的关系，把你逼到想跳海。”

“他只是用这招避免别人责怪他。”

“也许吧，但是他真心想要支持你，而且，他也不希望白网岛就这样变成越来越没落的乡下地方，努力想要做点什么，结果反而把你逼上了绝路。”

“你站在他那一边？”

“不是，我只是想要告诉你，你不需要自卑，可以抬头挺胸。无论去哪里，都会有人看到别人成功，就忍不住忌妒，对他丢石头。即使阿母没有杀人，他们也会做同样的事。但是，你已经可以走到很高的地方了，那些人丢的石头根本打不到你。如果你仍然感到不安，可以走到更高。虽然站得越高，丢石头的人会越多，但那些石头打不到你，反而会打到他们自己，你根本不必理睬他们。”

“但是，云丝已经断了。”

“因为别人已经知道阿母的事了吗？你的目标是想要得到那些容易受舆论影响的三分钟热度歌迷的支持吗？”

“三分钟热度歌迷？”

“就是一旦知道你是凶手的儿子，就弃你而去的歌迷。因为这种人很多，所以你的ＣＤ销量可能会受到影响，但是，一定有真正的歌迷，认为你的身世并不重要，他们只是想听黑崎宏高的歌。你看看这个。”

那是我丢在停车场的信，但已经被摊平了。

里面的信……信上写着，她的儿子因为遭到霸凌而拒学，听了我的歌之后，渐渐生出了勇气，虽然有时候中午就逃回来了，但仍然坚持每天去学校。她为此向我道谢，并期待我的下一首歌。

“写这封信的人知道阿母的事。”

“但是……”

“你怎么还不明白？最不能原谅阿母的其实是你。”

“我当然知道，我很久以前就知道了。因为阿母杀了我们的阿爸，即使阿爸再怎么动粗……”

“那是为了你！”

阿姐……在说……什么？

“阿母忍耐了阿爸对她的拳打脚踢，但是喝酒过度，脑筋有点不正常的阿爸陷入了被害妄想，觉得你是阿母偷人生下的孩子，那天晚上想要掐死你。阿母为了保护你，从厨房拿了菜刀，朝阿爸的后背捅了下去，在阿爸放开你之前，捅了一刀又一刀。”

脑海中浮现阿母的身影背对着我，但我知道阿母在杀阿爸时流着泪，但是，阿母从来不让我看到她的眼泪。

“为什么不早告诉我？”

“因为阿母叫我千万别告诉你。你现在是不是在想，如果没有你，阿母就不会成为杀人凶手……对不对？”

阿姐说得对。我低下头，移开了视线。

“所以我以前一直没说，但你现在已经长大了，我要一吐为快。什么如果没有你，你以为你是谁啊？阿母生下了你，你从那一刻开始就受到了保护，根本不需要为自己是阿母的儿子感到丢脸，也完全没必要自卑。如果你不了解这一点，就赶快离开这里，永远别再回来。”

“不要认定我不了解！”

我腹部用力，说出了这句话，但被自己呛到了。阿姐为我倒了杯水，我一口气喝完了。

"我会回来，会抬头挺胸地回来，在这里开一场凯旋音乐会，邀请阿母和你坐在最好的座位。"

这时，突然听到一声呜咽，眼前的阿姐虽然流着泪，但并没有发出声音。哭声从打开一条缝的门外传来，声音越来越小，可能走去厕所了。

阿姐和我应该会一直假装不知道，那是阿母发出的哭声。

石像十字架

雨水从玄关大门的缝隙慢慢渗了进来。雨水夹带着泥巴，颜色好像牛奶咖啡。我知道这栋屋龄超过五十年的木造平房到处都是缝隙，但看到有那么多水渗进来，还是忍不住感到惊讶。我急忙把原本放在门口水泥地上的鞋子拿到铺了报纸的木板地上。虽然原本干燥的白色水泥地因为渗水的关系，朝向我的方向慢慢变了颜色，但应该不至于淹到木板地。高度相差大约五十厘米吧。

没想到一年四季气候温和的濑户内海的岛上，竟然会遇到水淹进房子的台风……

据我小时候住在这座岛上的记忆，每次台风来袭，我只是紧张地在家听着打在窗户上的大雨和强风呼啸的声音而已。虽然祖母会准备手电筒和备用粮，但岛上从来没有正式发布台风警报，所以准备的这些物品也没有一次派上用场。看到电视的新闻报道中，记者站在太平洋沿岸，在豪雨中被大浪打到，被强风吹得东倒西歪地做连线报道时，还觉得很好玩。也许当时觉得那种感觉像在坐云霄飞车，或在玩游乐园的其他游乐设施。嘴上说着“好无聊啊”，仍然不得不嘟着嘴准备隔天上课要用的课本，脑海中回想着几天前同学们之间的对话。

班上的大姐头大桥文香用这种方式形容台风：

“如果把台风比喻为山阳新干线，鹿儿岛、高知和和歌山分别是博多车站、广岛车站和新大阪车站——无论是‘木灵号’，还是‘光号’，都会在这几站停靠，每场台风也必定会去那几个地方报到。

“相较之下，白纲岛就像是M车站——M车站是从白纲岛西北角的码头搭渡船四十分钟可以到达的、位于日本本岛M市的新干线车站，只有‘木灵号’会在那一站停靠，也就是说，只有不怎么大的台风，偶尔会经过白纲岛。”

“原来是这样。”文香周围的女生都发出佩服的声音。“那‘光号’和‘木灵号’都会停车的冈山车站相当于哪里？”室户岬、足折岬、纪伊半岛……虽然有人列举了在台风新闻中经常听到的地名，但文香一一否定了她们的意见。那里是高知，那里属于和歌山。于是，其他人说话的声音也越来越小。

那德岛呢？我忍不住想。在地图上，德岛位于四国的上方，或许会被认为和白纲岛一样，同属于濑户内海，但由于过了鸣门海峡之后就面向太平洋，每次有台风，德岛就会受到重创。

但是，我无法把自己的想法说出口，因为我不是文香帮的人。文香帮在班上拥有最大的势力，简直觉得整间教室都是她们的天下，说话向来都很大声。照理说，说话的音量只要她们五个人能听到就好，但就连坐在教室角落的我也都听得一清二楚。

我在小学五年级的春天转到这个学校。文香和其他人只有第一个星期很亲切地找我说话，但自从她们虚虚实实地听说了我转学的原因后，从某一天开始，突然把我当成了空气。

我从小生活在关西的港都K市。爸爸是任职于证券公司的上班族，妈妈是家庭主妇，一家三口住在华厦的十楼，可以眺望通往大海的夜景。爸爸工作很忙，非假日和爸爸一起吃晚餐的次数屈指可数，但每逢假日，一家三口就会去外面吃饭、看电影，暑假时还会一起去旅行，在外面住两晚，生活过得很充实。

我和妈妈穿着名牌母女装，妈妈也会帮我买流行卡通人物的文具，家庭环境应该比其他同学稍微好一点。在学校时，即使我不去找同学，每到休息时间，大家都会主动来找我。大家兴奋地聊着同学之间的趣事或是前一天看的电视，也会在操场上玩球。

我相信绝对不是因为我穿着漂亮的衣服，或是有流行的文具，所以大家才和我交朋友，只是因为当时的我并没有任何需要别人和我划清界限的要素。最好的证明，就是搬来白纲岛之后，我本身没有任何变化，穿相同的衣服，使用相同的文具。

只有家庭成员变了。如今，我和奶奶两个人共同生活……

打开厨房的电视，正在播报台风消息。

第七号台风已经从九州登陆，目前持续北上，以横越濑户内海的方式前进。这个台风的行经路线很奇特，听说风雨会逐渐增强。画面上出现了属于国家重要文化财产的建筑物，气象主播很担心建筑物会受到台风的危害。

下午三点。我原本想出门去买晚餐的菜，最后决定用冰箱里的剩菜打发一餐。家里只有我和读小学的女儿，即使晚一天去买菜，也不会饿到我们。

从我上三年级的秋天开始，爸爸的状况有点不太对劲。

非假日的早上，照理说他要去上班，却经常不见他从卧室走出来，平时总是爸爸比我早出门。一个月后，我经常比他早出门，但每天放学时，爸爸都不在家，所以我以为他工作太累了，只是比平时多睡一下，但还是会准时出门上班。

事态似乎并不像我想象的那么简单。在我升入四年级时，爸爸一整天都在家，只是大部分时间都在卧室。只有去医院时，才会走出家门，每天都吃很多药。我曾经担心地问妈妈，爸爸到底生了什么病，妈妈用烦躁的语气回答：

“如果真的生病了，不知道该有多好。爸爸不想上班，所以假装自己生病，赖着不肯去上班。”

我原本担心会从妈妈口中听到癌症之类的重病，但听到爸爸装病，心情也没有变轻松。我不相信向来一丝不苟的爸爸会偷懒，猜想爸爸应该是得了重病，妈妈只是在骗我。

“但是，爸爸每天都吃很多药啊。”

“那只是心理作用。千晶，你在跑马拉松的前一天，根本没有生病，不是也说自己肚子痛，然后吃了药吗？”

从一年级开始，每次跑马拉松的前一天，我就会肚子痛，因为我的运动能力很差，再加上每班要比赛平均成绩名次的压力而造成的。长大之后我才知道，因为不是吃坏肚子或是感冒引起的，所以妈妈常说我“根本没有生病”。但是，当时我对妈妈无法了解我感到很沮丧。

我根本没有说谎，爸爸也一定是身体不舒服。虽然我这么想，但无法直接告诉妈妈，更不敢直接问爸爸。

爸爸看病、吃药了半年，仍然无法去公司上班。

某天晚上，我在自己房间睡觉，听到隔壁客厅传来父母说话的声音。

“精神方面的疾病不是只能请半年病假吗？你的年假也用完了，病假只剩下没几天，你可以回去公司上班吗？头痛的情况已经改善，晕眩和耳鸣也不像以前那么严重了吧？那就好好加油，往恢复的方向努力。”

我搞不清楚妈妈的语气是在安抚还是责备，抑或是激励。

“我打算辞职。应该更早就这么做，这样就不会给其他同事添麻烦了。”

爸爸的声音很平静。

“你在说什么啊！经济不景气，很多人遭到裁员或是找不到工作，你竟然要主动辞职！别忘了你有妻女要养，如果只有我一个人，问题还不大，我可以出去工作，但千晶接下来要上补习班，还要升学，即将面临重要的时期。你怎么可以这么不负责任？”

“我打算回岛上。幸好家里还有农田，目前由我妈一个人照料，只要和我妈一起务农，虽然收入会减少，一家三口，不，一家四口的生活不会有问题。我希望在大自然中自然生活，再思考未来的事。”

“开什么玩笑！那种地方怎么可能有办法生活？！”

妈妈发出惨叫般的声音。

如果是眼前的状态，妈妈的叫声应该也会被淹没。

风虽然不强，但雨越下越大。从玄关流进来的水也越积越高，积水差不多快二十厘米了。水很混浊，看不到底部的情况。看台风的路径图，目前应该是雨势最强的时候，虽然不至于淹到房间，但也许该把电器的插头拔掉后放到高处，然而厨房内只有冰箱直接放在地上，也根本搬不动。

客厅的电视和电话都放在柜子上，所以不需要担心。踩在榻榻米上感觉有点潮湿，难道是地下已经渗水了？我把手放在通往隔壁房间的纸拉门上。

“志穗，我进去啰。”

不等志穗回答，我直接打开了门。正抱腿坐在书桌前椅子上看漫画的志穗回头看着我。

“雨下得好大啊。”

“可能会淹水，你把游戏机和ＣＤ播放机放到桌子上。”

“是吗？好可怕。”

志穗收起漫画后站了起来，立刻尖叫了一声。

“哇！榻榻米都湿了。”

“哪有……”

我的话还没有说完，屋外就传来一阵宛如地鸣般的沉闷声音。我不知道发生了什么事，想要看向窗外时，地底下发出了相同的声音，客厅中央的榻榻米被掀了起来。志穗尖叫起来。榻榻米下方的泥水好像喷泉般从四面八方溢了出来，转眼间，就淹到了我们这个房间。

水不断溢进来，一下子就淹到了脚踝。就在这时，家里的灯同时暗了下来。停电了。

“赶快逃出去。”

我拉着志穗的手，沿着墙壁经过泥水不断溢出的客厅，来到厨房，直奔玄关。泥水越积越多，完全看不到水泥地和木板地之间的交界线。刚才放在报纸上的鞋子有的沉在水里，有的被冲走了，但因为看不清脚下，所以最好还是穿上鞋子。

“在这里穿。”

我把球鞋递给志穗，自己拿了一双刚好在旁边的浅口鞋。虽然和身上的运动服很不配，但现在根本顾不了这么多。志穗迟迟无法穿好鞋子。因为鞋子湿了，而且必须站着穿鞋。水位一直在升高，已经淹到我的小腿中间了。

“踩着鞋跟就好了。”

我大声说着平时绝对不可能说的话，确认志穗套上鞋子后，在泥水中滑步走向玄关。鞋底感受到水泥地和木板地之间的交界线，我战战兢兢地站在水泥地上，发现大腿都浸在水里。志穗没有跟着下来，我叫她拉着我连帽T恤的衣摆，站在木板地上。

我抓住门把，把门向外推，但打开十厘米后，不知道卡到了什么，无法继续打开。有什么东西卡住门了吗？但玄关前只有一小片农田，我想不到任何东西会卡住门。我重新用双手抓住门把，用尽全身的力气撞向门，但身体立刻弹了回来。

“有没有人在？有没有人！”

我从门缝中对着外面大叫，但没有人回答，而且泥水不断流进来，我只好再度关上了门。

客厅和隔壁房间都有一扇大窗户，但因为装了铁窗，所以无法从那里出去。厨房、厕所和浴室等所有的窗户都装了铁窗。二十五年前，在我搬来岛上的几天后，为了防盗，奶奶特地请业者上门装了这些铁窗。

没有出口。

志穗不安地抬头看着我。

“外面很危险，我们还是留在家里。”

在我说话时，电饭锅从后面漂了过来。必须把志穗带去安全的地方。和室的榻榻米浮了起来，所以并不安全。去厨房吧。原本想让她站在餐桌上，但有的椅子已经浮在水面，也有的翻倒了，桌子可能很快也会浮起来。我在厨房内巡视，试图寻找固定的高处，最后让志穗站在流理台上。她的裤子已经湿透，蹲在流理台上，后背不停地颤抖。

“水应该不至于淹到这么高。你用力抓住水龙头，等我一下。”

我叮嘱志穗后，走去客厅。榻榻米浮在已经淹没大腿的泥水中挡住了去路。电话也泡在水里，装了手机和皮夹的皮包浮在榻榻米的另一端。我提醒自己脚下有一块榻榻米大小的空洞，慢慢往前走，伸手把皮包拿了过来。拿出手机，发现手机湿透了，但我还是带着祈祷的心情打开手机，待机画面上一如往常地出现了志穗的笑容……随即就消失了。即使我猛按按键，也完全没有反应。

泪水一下子涌上来，但现在不需要更多的水。我咬紧牙关。

我把手机放回皮包，挂在肩上，走去隔壁房间。书桌已经泡在泥水中，志穗的书包、教科书和笛子都无一幸免，漫画、游戏机和ＣＤ播放机也全都遭殃了。

我打开壁橱。放在下层的寝具全都泡了水，上层下方的被子也湿了，所幸上方的毛毯和毛巾被还是干的。我小心翼翼地拿出两条叠在一起的毛毯和毛巾被，对折后放在头上，用双手压住。我以前看过照片，非洲人就是这样搬东西的。泥水已经淹到大腿根部了。

幸好天色还没有暗。

回到厨房，把毛毯盖在志穗的头上，裹住她的身体。

流理台坐了一个十岁的孩子就没有多余的空间了，我把餐桌移到流理台旁，站在桌子上。我把毛巾被卷在一起，抱在胸前，如果志穗还是觉得冷，就可以用这条毛巾被。泥水在桌子表面微微起伏。

“妈妈，我好害怕。”

志穗小声地说。

“别担心，你听外面的声音，雨声是不是比刚才小了？”

我故作镇定地说，内心却备感不安，很担心只是远处的警报声让雨声听起来比较小而已。但是，我绝对不能消沉，因为志穗可以敏锐地察觉周围人的想法。

“而且，不是可以听到警报声吗？这代表消防署和警察的救助队正在巡逻。”

“也会来我们家吗？”

“当然啊。他们现在还没有来，代表这一带的灾情并不严重。”

我试图激励志穗，但或许只是想这么告诉自己，同时思考着万一水位继续升高，整栋房子都被水淹没的话怎么办。原本只是渐渐涌入的泥水刚才突然从地面喷上来，很可能再度发生相同的状况。必须先决定安全的水位线，一旦到达这个水位，就要敲破屋顶。拖把架在墙上，所以没有被冲走。要把水位线设定在哪里呢？

流理台抽屉最上方的把手。一旦水位超过这里……

决定水位线后，再定睛细看，发现水位超越桌面后并没有继续升高。这代表目前是最严重的状况吗？希望如此。

希望水位不要继续升高。希望雨快停。希望有人来救我们。希望，希望……

“不知道外面的农田会不会毁了。”

志穗小声地说。我们在家门前巴掌大的农田里种了西红柿、小黄瓜和茄子等夏季蔬菜，还有一个星期就可以收成了。我们很期待这些蔬菜结出果实，期待这份喜悦可以向下一步迈进。

“如果被冲走了，再种就好了。”

“嗯……幸好妈妈在家。”

我也有同感，但如果志穗认真上学，可以和同学一起去校舍较高的楼层避难，或许就不需要这么害怕了。只不过……

“妈妈也很庆幸你在家里。”

我对志穗露出笑容的同时，看到了一块白色的东西。

“志穗，可不可以把那块肥皂拿给我？”

志穗从毛毯中伸出手，从水龙头旁的盒子里拿出还剩下一大块的肥皂交给我。我握住作为水位线记号的抽屉把手向外拉，从里面拿出一把餐刀。

“你要干什么？”志穗问。

我对她笑了笑，用刀子雕刻肥皂。先深深地刻出形状，再把周围的肥皂削掉。如果太用力，肥皂会裂开，所以必须小心翼翼，一点一点地削除。然后我发现，在雕刻的时候，内心的祈祷最强烈。原来并不是为了祈祷而雕刻，而是在雕刻的同时祈祷。

“十字架？”

志穗定睛看着我的手问。

“答对了，我要为你做护身符。”

“妈妈，你是基督徒吗？外公的墓不是在寺院吗？”

“对，所以妈妈不是基督徒，只是在圣诞节也会吃蛋糕，但是我现在想求助这个十字架……对了，我还没有带你去过白纲山。”

我把雕得不够精美，但已经有十字架形状的肥皂交给志穗，决定把小时候生活在这座岛上时，有关十字架的故事告诉她。

爸爸因为盗用公款曝光而自杀，妈妈深受打击而住进了精神病院。于是，奶奶在无可奈何之下，只好把我带回白纲岛。那是当时关于我的谣言。

爸爸根本没有盗用公款，妈妈也没有住院，奶奶更不是在无可奈何之下把我带回来的。这根本是那些无聊的人闲着没事杜撰出来的故事。

虽然奶奶是土生土长的岛民，却不会大声驳斥这些谣言，她知道如何在封闭的社会中生存，只要不去理会，大家很快就会失去兴趣。

但我当然不知道这样的道理，也还没有学会。

每次听到谣言，就觉得很难过；每次遭到嘲笑，就觉得很生气。但是，我并不想对班上的同学或是镇上的人大骂，也不是希望他们向我道歉，我只是想要和大家交朋友，希望大家接受我。

同班的吉本惠美主动向我打招呼。虽然我在整个第一学期都期待可以结交到新朋友，但在暑假之前，惠美主动找我时，我并不感到高兴。因为惠美虽然不是转学生，但班上同学对待她比对我的态度更差。下课时，她总是一个人看书，去其他教室或厕所时，也总是独来独往。

我猜想是因为她很干瘦，气色很差，每天都穿同一件衣服，所以班上的女生都不理她。她的运动服早就褪了色，看起来和其他人的很不一样，让人怀疑是不是从一年级开始就一直穿同一件，或者是穿别人穿过的旧衣服。

我觉得和她在一起很丢脸。因为在意他人的眼光，所以才会有丢脸的感觉，说到底，我也是以貌取人。

我想加入文香她们，和她们一起热闹地聊天，但这不是因为我想和文香做好朋友，只是希望别人觉得我也是班上的核心，虽然我根本不需要在任何人面前装模作样。

即使如此，我还是基于“和她当朋友，至少暑假可以有人陪我玩”这种最糟糕的理由，决定和惠美做朋友。没想到和惠美相处感觉很自在。她不会说人坏话，也不会聊别人的八卦。她知道很多知识，根本不需要聊这些没营养的事。惠美教会了我吹草笛，也教我认识了几种花草的名字和云的名字。

她还告诉我通往邻町隧道入口的大岩石为什么叫“母女岩”和其他有关岛屿的传说。我以为岛上的居民都知道这件事，没想到和奶奶提起“母女岩”时，她深有感慨地说，她记得小时候听过。

“太好了，原来你交到了新朋友。”奶奶问我新朋友的名字，我说她叫吉本惠美。奶奶微微皱起眉头。我以为奶奶在思考那是哪一家的孩子。之后我才知道，奶奶皱眉的意思是“原来是那家的孩子”，但是，奶奶并没有叫我不可以和惠美玩，只是用温柔的语气说，多听她说一些岛上的事。

我请惠美多聊一些关于岛屿的传说，她邀我隔天去爬白纲山。我提议带便当，她说单程只要一个小时就够了，在家吃完午餐后再去。

我把要去白纲山以及和惠美之间的对话告诉奶奶，奶奶一早起来为我做了寿司卷。寿司卷里包了煎蛋、菠菜、红烧的鱼板、胡萝卜、香菇、葫芦干以及烤星鳗。我没想到是为我准备的，忍不住问奶奶，是不是有客人要来家里。

“没有人来做客，有时候会突然想做这种东西。中午我会煮乌冬面，你可以把寿司卷带去当点心。今天天气很好，在山顶上野餐，绝对比在家里吃美味好几倍。”

奶奶说完，用保鲜膜包起寿司卷后，让我带出门。我把寿司卷和水壶放进背包，等待惠美上门。

十二点半左右，惠美背着水壶，骑着快报废的自行车来找我。我从K市带来的自行车有三段变速，用“中速”在坡道上骑了十五分钟左右，来到了白纲山的登山口。我把自行车放在停车场，背着背包走上山时，惠美向我介绍了白纲山的由来。

白纲山别名观音山。平安时代，有一个名僧被赶出京都，最后流浪到此地，山顶上有名僧在死之前持续雕刻的八百座石观音，所以有了“观音山”这个名字。

“在没有新干线的时代，从京都到这里很遥远，还要搭船，他不必来住岛上啊，而且还有很多其他的岛，为什么偏偏来到白纲岛呢？”

“传说中，名僧被赶出京都后，立刻生了一场大病导致失明，但他在黑暗中看到一根白色的绳子，他沿着那根绳子一直走，就来到了这座岛上。他搭船渡海时，可能那根白色的绳子一直延伸到海上吧，听说‘白纲岛’的名字也是由此而来的。”

“那一定是很了不起的高僧，所以这座岛才会因为他而取了这个名字。他为什么被赶出京都？”

说完这句话，我发现自己觉得名僧从都市移居到岛上似乎很落魄，为此感到很受打击。这不是和妈妈一样吗？

“他好像没做坏事，只是变成了权力斗争的牺牲品，所以，名僧死了之后，当权者命令在山顶上建造祠堂，也把雕刻了观音像的石头整齐排列，把这座山命名为白纲山，这座岛也被称为白纲岛。”

现在回想起来，这个传说有很多部分很模糊。如果仔细调查一下，也许可以查到名僧的名字、当时的当权者，以及怎样的权力斗争，或是了解这个传说有多少真实性，但对我来说，惠美告诉我的传说已经足够了。白纲岛是爸爸的故乡，当初他提议一家三口搬来这里生活，听完惠美说的传说，爸爸的故乡一下子进入我的心中。

“惠美，你怎么会对这座岛屿的传说这么清楚？我上次和奶奶说‘母女岩’的事，她很惊讶，原来并不是岛上所有的人都知道这件事。”

“是我爸爸告诉我的。哦，是之前的爸爸。”

惠美说完，立刻加快脚步，说很快就到了，似乎不想继续讨论这件事。我暗自松了一口气，因为我也不想谈论我的家人。

由于有很多高龄者上山参拜，所以山路上有阶梯，阶梯旁还有扶手，走起来很方便。

我们两个小孩子走了不到一个小时就到了。

半米到一米的大小不一的观音石像围绕在小祠堂周围，但观音石像并不是整块石头都是观音的外形，而是在表面平坦的细长形石头表面刻出观音的浮雕。

我和惠美一起站在祠堂前，眺望着远方的大海。看到蔚蓝的大海上点缀着无数绿色的小岛，会觉得自己身处辽阔的世界。

转学到白纲岛的小学时，我曾经担心当地的小孩会不会忌妒从城市来的孩子而欺负我。奶奶家附近只有一家小超市，完全没有地方可以买可爱的文具或漂亮的衣服。虽然有点失望，但家里目前的经济状况根本买不起这些东西，所以这样反而比较好。

因为没钱买新衣服，所以只能穿以前的高级名牌衣服去学校。不知道别人会不会觉得我太嚣张，还是感到羡慕？结果发现这两种情况都没有发生。名牌只有识货的人才了解其中的价值，岛上的女生喜欢的是她们能力所及范围内的漂亮东西，会炫耀能够拥有那些东西。在她们眼中，只有在城市才买得到的名牌衣服，只是普通的漂亮衣服而已。

岛上的居民，尤其是小孩子完全不会为自己住在乡下地方感到自卑。只有住在外面世界的人，才会看不起那种地方，从小生长在乡下的人因为只知道自己周遭的环境，所以并没有意识到自己住在很不方便的地方。对他们来说，城市并不是在岛外，而是岛内有大型超市的城镇。

而且，他们会嘲笑关西话。虽然这里也说方言，但大部分小孩子都以为自己说的是标准语。

眺望着海面上的这些小岛，我渐渐能够体会他们的这种感觉，也不再觉得他们滑稽可笑；相反地，我觉得妈妈根本没有在这里生活过，光凭想象就认定是“那种地方”很愚蠢，也很悲哀。

午餐的时候，我和奶奶各吃了半份乌冬面，所以在伸懒腰时，肚子咕咕叫了起来。我看着惠美笑了笑，想要掩饰自己的窘态，发现惠美的肚子也发出了声音。我当场坐了下来，从背包里拿出寿司卷。

“我奶奶说，她突然很想做寿司卷，所以叫我带着当点心。寿司卷称不上是点心吧？但既然带来了，我们一起来吃吧。”

说完，我把一根寿司卷交给惠美，再拿出一根把保鲜膜拆开一半，大口吃了起来。太好吃了。那时候，我还不知道立秋的前一天要吃寿司卷的习俗，也是第一次吃没有切成段的寿司卷，但总觉得这才是真正的吃法。惠美也大口吃了起来。

“真好吃，里面有星鳗。”

“这里的人不是很爱吃星鳗吗？我爸爸说没有加星鳗的寿司卷是‘少一味寿司卷’。吃咸年糕汤时，他说关西的咸年糕汤固然不错，但终究比不上岛上的咸年糕汤……”

星鳗勾起了我对爸爸的回忆，惠美没有问，我就自顾自地滔滔不绝，泪水也情不自禁地溢了出来。但是，惠美没有问我流泪的原因，她默默吃完寿司卷后，在我吃完之前，都静静地看着大海，告诉我海上那些小岛的名字。当她确认我的泪水已干，说了声：“谢谢款待。”

她站了起来，很有精神地提议说：

“我们来找十字架。”

幸好水位没有继续升高，可是天色已暗，几乎看不清志穗的表情。去客厅的佛桌附近应该可以找到蜡烛，但打火机应该都泡在水里了，在目前的情况下，打开瓦斯炉太危险了。目前仍然可以听到远处的警笛声，但并没有逐渐向这里靠近。不知道是这里并没有受到太大的灾害，还是已经被放弃了？也许应该和志穗聊聊她喜欢的偶像团体，或是唱歌，避免情绪低落。

“妈妈，为什么……为什么和尚住的山上会有十字架？”

志穗问道，催促着我继续说下去。她似乎对我说的往事产生了兴趣。回想起来，我似乎没有和志穗像这样坐下来好好说过话。照理说，不追问她不想上学的理由，并不代表不能和她认真谈论事情。

“你知道什么是潜伏基督教徒吗？”

我再度诉说起往事……

惠美说，在众多观音像中有一个十字架，我也听不懂是怎么一回事。惠美看到我满脸纳闷的表情，问我：

“你有听过潜伏基督教徒吗？”

那时候学校还没有教相关的知识，但我记得奶奶看的历史剧中，曾经有要求那些人踩圣母和基督画像的场景。在禁止基督教的时代，会用这种方式确认是否有人偷偷信仰基督教。惠美听了频频点头。

“白纲岛也有潜伏的基督教徒，但在官府开始抓基督徒时，他们都逃到白纲山躲了起来。官府的衙役也没想到基督教徒会躲在和其他宗教相关的地方，所以有很长一段时间都没有发现他们。那些基督教徒每天都祈祷，但并不是对着观音祈祷，而是在雕刻了观音像的石头上，刻了一个十字架，对着那个十字架祈祷。这些石像中，有一个刻了十字架，只是我至今还没有找到。我们一起找好不好？”

我觉得这像在寻宝，似乎很有趣，但要在八百座观音像中找到其中一个刻了十字架的，光是想象一下，就觉得是不可能完成的任务。最后我们讨论决定，不妨找一个小时看看。

我们来到祠堂后方，顺着写了“观音巡礼”的广告牌所指的方向前进，看到山麓的远方，惠美家所住的国宅就在隧道附近，接着也发现我家。沿着德丸川的国道岔路往下走的那栋平房就是我家。爸爸以前经常告诉我，他小时候几乎每天都在河边玩。

距离大海两百米的河水是咸的吗，还是完全没有咸味?

爸爸以前问过我这个问题，也告诉了我答案，但我现在已经想不起来了。我再度感到一阵鼻酸，决定问正在从上到下仔细确认每一座观音石像的惠美关于潜伏基督教徒的事，避免再去想爸爸的事。

“结果那些基督教徒怎么样了？”

“好像还是被发现了。在岛上的话，只要控制码头，就无处可逃了，所以衙役就在封锁码头后，在岛上彻底搜索。天黑之后，衙役拿着松明火把爬上了这座山。基督教徒对着十字架祈祷了一整晚，结果，奇迹发生了！”

“奇迹？”

“突然下起了大雨，那些衙役被狂风暴雨引发的山崩压死了。”

“是吗……”

我在感到佩服的同时，也觉得那些衙役很可怜。

“这只是传说而已。”

“但如果真的有十字架，就代表并不是完全胡说八道吧？如果我们对着十字架祈祷，不是可以得到救赎吗？”

我完全没有想过要对着十字架祈祷。

“你有什么烦恼吗？”我问。

惠美露出有点惊讶的表情，但用开朗的声音说："我的意思是说，可以实现愿望啊。比方说，在运动会跑步时跑第一名。千晶，你以前读的学校有什么奖品？"

我不知道她说的奖品是什么意思。虽然之前的学校有跑步比赛，奇数班和偶数班会分成红、白两组进行比赛，但并不会只有赢的人或是赢的那一组才能拿到奖品，而是采取"努力奖"的方式，所有的同学都可以领到橡皮擦和红铅笔。当我这么告诉惠美时，她惊讶地说，真大方啊。这里的小学只有跑第一名的学生可以拿到橡皮擦和红铅笔。

我的运动能力很差，即使找到十字架，我也不可能跑第一名，最多只能祈祷不要跑最后一名。但如果许愿其他的事……比方说，即使我具有呼风唤雨的能力，也无法让死去的人复活，所以并没有特别想要许愿的事。那时候，我已经不想加入文香她们了。

最多只能祈祷妈妈和奶奶身体健康。

我们再度开始寻找十字架。不，准确地说，我只是看着惠美热心地寻找。她花了足足一个小时确认了所有的观音像，但仍然找不到十字架。

"可能只是传说而已，即使真的有十字架，也可能被风雨磨损了。"

我安慰着惠美。

"但是观音像的形状仍然留着啊。"

惠美说完，再度探头看着刚才已经确认过的观音像背面。看到惠美这么认真，我很希望为她找到十字架。也许靠太近反而看不清楚。我像芭蕾舞者一样转了三百六十度，巡视着观音石像林立的山顶。然后，看了一眼山麓后，又旋转了一圈。惠美的家、我家、我们刚才走上来的路、登山道……衙役拿着松明火把上山，黑暗中的无数火把看起来是不是很像蛇爬上山？

为了逃开这条火蛇，该躲在哪里？等一下？只有一条蛇吗？虽然修整过的登山路只有一条，但靠海的斜坡通向山脊的路似乎更容易上山。登山道位于西侧，靠海的山脊位于东北的方位，为了躲避来自这两个方向的衙役，东南偏南的方向是最佳位置！

我无视广告牌指引的方向，从祠堂走向东南偏南的方向。

“千晶，你怎么了？”

惠美在发问的同时跟在我身后。当前方被石像挡住去路后，就绕过石像继续往前走，来到东南偏南侧最深处的石像前，往背后一看……

“找到了！”

二十厘米长的十字架比表面的观音像雕刻得更深、更清晰。

我们欣喜若狂地抱在一起，绕到石像的后方。“千晶，你太厉害了。”惠美一次又一次地说。我和惠美并肩站在一起，对着十字架合起双手，闭上了眼睛。

希望我和惠美能够成为好朋友……我对着十字架许愿。

“愿望实现了吗？”

志穗说。天色已经完全暗了，看不到彼此的脸。幸好已经完全听不到雨声了。

“暑假结束后，惠美在九月的运动会上跑了第一名，领到了橡皮擦的奖品。”

惠美的那一组竞争很激烈，她穿着褪色的运动服，在终点前超越了文香，以些许之差冲向终点的横带。这时，退场门附近响起尖叫声。有着一头好像玛丽莲·梦露的金发，穿着豹纹紧身迷你洋装的大婶拿着啤酒罐，对着惠美用力挥手。我听到文香用嘲笑的口气小声地对惠美说：“你妈咪在向你挥手手啊。”我又看了那个大婶一眼，其他年级的老师出面制止，大婶生气地丢掉啤酒罐，愤然离去。

“惠美真的祈祷在运动会上跑第一名吗？”志穗问。

“你为什么会这么想？”

“没有特别的原因……”

如果带志穗去石像十字架前，不知道她会许什么愿。虽然我能够想象，但无法向她确认。

“妈妈也这么觉得，但不敢问她。”

“为什么？”

“因为我虽然知道话语会在不知不觉中变成刀子，但无法分辨哪些话会变成刀子，哪些话不会。即使现在长大了，也仍然不知道。”

“我好像有点懂，又有点听不懂……妈妈，你许的愿实现了吗？”

“我以为实现了。那次爬山之后，我们在一起时比以前更开心，在暑假结束前，我们一起去学校游泳，也去了海水浴场，她还来我家住了一晚，我以为我们是好朋友。”

“你这么说有点奇怪。”

“是啊，因为我发现了另一个十字架。”

十字架的故事还没有说完。

运动会的翌周。

那天的美术课要画运动会即景，因为必须在当天完成，所以上课时没有画完草图的人，只能放学后在自己的座位上继续画。班上有一半的同学都留了下来。我不仅运动能力很差，也很不会画画，画了又擦，擦了又画，一直画不好，画纸上的橡皮擦屑越来越多。

我看向惠美，虽然她跑步很快，但在画画方面似乎和我半斤八两，拿着橡皮擦的时间远远超过握铅笔的时间。

这时，文香走进了教室。平时她总是无视我和惠美的存在，但那天在惠美的座位前停下脚步。文香的身后有三个跟屁虫跟着她。

“照理说啊……”文香用整个教室都可以听到的声音说，“运动会上领到的奖品，不是会留作纪念吗？有人拿来用，不是想要炫耀，就是家里穷死了。”

现在的学校都讲究平等主义，或许无法想象，但当时在奖品橡皮擦的白色封套上用金字印着“恭喜获得第一名”。

文香的跟屁虫也说：“没办法啊，因为家里不帮她买橡皮擦，所以只能拼命跑。但是，我之前就觉得很奇怪，她妈妈每次都穿得很花哨，为什么惠美每天都穿同一件衣服？就连在我的座位上也可以闻到她的臭味。”

太可恶了。我站了起来，就在这时——

“把封套拿下来就好了嘛。”

文香撕下了橡皮擦的封套。

“这是什么啊？好可怕哟。”

说完，她把撕下的封套出示在跟屁虫面前，丢在地上。

“是不是什么诅咒的仪式？”

其中一个跟屁虫说完，拍着手开始起哄。文香、跟屁虫和旁观的其他同学也开始起哄，转眼间，教室内都是起哄的声音。

惠美坐在座位上，用力握着双手低着头，肩膀不停地颤抖。我跑到惠美身旁，用力推开了文香。

文香发出尖叫坐在地上，那几个跟屁虫夸张地围着她问：“你没事吧？”其他人也不再起哄。文香抬头看着我说：“我要告诉老师。”

“我也要告诉老师，你把惠美橡皮擦的封套撕破了。”

文香把头转到一旁，在她走出教室之前，我都瞪着她，眼睛一眨也不眨。

“你没事吧？”

我问低着头的惠美，捡起了橡皮擦。这时，我发现了一件事。

橡皮擦原本被封套遮住的地方刻了一个十字架。

“惠美一定有很深的烦恼，所以在求助。”

黑暗的室内响起志穗的声音，在水面产生了回响，好像产生了回音。求助，求助，求助……

“向谁求助？”

“十字架……”

“我就是因为这样才感到难过。既然是运动会的奖品，代表是我们去了白纲山之后的事。我们一起过了暑假，我还以为和她变成了好朋友，如果她有需要刻十字架求助的事，我希望她向我求助。我很难过，因为实在太难过了，回家的路上，当只有我们两个人时，我不顾一切地说出了自己的想法。”

明知道也许我说的话会成为刀子。

我爸爸因为工作压力太大，导致无法去公司上班。妈妈希望爸爸可以坚持去上班，但爸爸提议，自己辞职后，一家三口可以搬回白纲岛生活。妈妈哭着对爸爸说，去那种地方不可能幸福。妈妈对爸爸说，并不是只有你一个人觉得辛苦，也不是只有你觉得累，一定有很多人都想离开公司，不想工作，但大家都在努力撑下去，为了孩子，为了家人努力撑下去，所以为了我们，你也不要逃避。

爸爸自杀了。妈妈哭着说，都是她的错。

我不知道为什么是妈妈的错，妈妈并没有说错什么，但妈妈告诉我，不应该叫已经感到累的人“加油”。我似懂非懂，因为“加油”不是声援的话吗？

虽然我隐约觉得，妈妈或许不应该反对全家搬来白纲岛，但爸爸自杀绝对不是妈妈的错。因为我现在能够在这里生活，就是靠妈妈工作寄来的钱。因为妈妈的父母都死了，所以才把我送来奶奶家，自己努力工作养育我。

但是，我也不觉得抛下妈妈和我去自杀的爸爸有什么错。

我觉得这个问题应该没有谁对谁错。

潜伏的基督教徒或许很可怜，但那些衙役也不是活该被山崩埋葬的坏人。

原本就无法分辨会变成刀子的“加油”和不会变成刀子的“加油”，即使是充满真心诚意说的话，也因为听的人带着不同的心情，有时候会变成刀子，有时候不会变成刀子。既然这样，最好什么都不说吗？

我根本不知道朋友之间什么都不说，默默地依靠在一起到底有什么意义。

我知道无法断言可以倾诉烦恼的就是好朋友，否则就不是；但如果你是基于怕丢脸而不敢说，不是应该卸下心防吗？因为我已经把自己的事都告诉了你。

我知道自己帮不了你的忙，也知道有些事根本无能为力，即使说出来，也无法改变任何事。

但是，我可以和你一起刻十字架祈祷，所以不希望你一个人这么做……

“惠美告诉你了吗？”

志穗的声音带着哭腔。我是个狡猾的母亲，也许想要借由和好朋友之间的事，对女儿诉说不敢直接对她说的话。

“嗯。”

“解决了吗？”

“光靠我们小孩子无法解决，所以请奶奶向当地的民生委员求助，但事情没那么简单。因为她之后仍然住在家里，我所做的事，或许只会造成她和她妈妈之间的关系恶化。有时候我很后悔，觉得自己太多管闲事，即使现在，我也不知道当时做的是错是对。”

“惠美现在……咦？”

志穗没有说下去，因为光从厨房的窗外照了进来。是灯光。窗外有人。

“志穗，你过来这里。”

我拉着志穗的手，让她离开流理台，站在桌子上，然后我站在流理台上，从抽屉里拿出研磨棒。为了避免玻璃四溅，用毛巾被包住玻璃，敲开了没有被水淹没的窗户上半部分。

外面的声音从打破的窗户传了进来。我用力深呼吸，大声叫着：

“救命！我和女儿被困在这里，救命！”

“救命！”

站在桌上的志穗也叫了起来。她一次又一次地叫着。救命！救命！救命！

我走到桌子上，隔着毛毯用力抱着志穗。

“救命！”

我用尽全身的力气大喊。

“你们还好吗？”

两个穿着橘色雨衣的男人在泥水中走了过来，他们头上的灯光很刺眼。原来是消防队的救助队员，应市政府的要求前来救援。

“外面有橡皮艇。你们有没有受伤？可以自行走动吗？”

“可以。”

我回答后，请他们背着志穗，我自己走出了家门，坐上了橡皮艇。

周围的一切都被泥水淹没了。降雨量巅峰时刚好遇到涨潮，德丸川的河水泛滥了。听说这是白纲岛七十二年来第一次遇到这么大规模的台风。我这才惊讶地知道，原来并不是第一次有大台风侵袭白纲岛，难怪奶奶以前都会在家里准备手电筒和备用粮。原本设置在十几米外回收垃圾的大铁箱卡住了我家的门，所以才会无法打开。

不知道是否因为水位降低导致泥水的黏度增加，每划一下，船桨在水面留下的痕迹就逐渐加深。由于岛上的下水道整备不佳，周围的腥臭味几乎让人无法呼吸。在民房屋顶上避难的人不停地叫着，要求等一下去营救他们，也有橡皮艇从其他地方划过来。救助队员说，公民馆设置了避难所，那里准备了干净的衣服和饭团。

东南西北各个方向都远远近近地传来不绝于耳的警报声，河边地区的淹水情况很严重，山麓的有些住家被土石流淹没了。

为什么这么快就来我家救我们母女？

“因为接到一位古田太太的通报，说你们住在河边的平房，家里的电话和手机都打不通，请我们来看一下。”救助队员告诉我。

古田太太……惠美现在姓古田。

我和惠美并没有在一起相处太久。上中学后，我回到K市和妈妈同住，在白纲岛只住了短短两年而已。我不懂得如何正确说话，所以也讨厌写信，结果我俩每年只有互寄贺年卡而已。之后，只有在奶奶十七年前去世时，我才回来过一次。惠美虽然来参加了葬礼，但我们并没有说话。

志穗因为无心的话遭到班上同学的霸凌，逐渐开始拒学。当我提出要为她转学时，丈夫并没有反对，但在得知我不是让她转到丈夫通勤路线内其他学区的学校，也不是丈夫的老家，或是我妈所住的K市学校，而是想带她到白纲岛就读时忍不住面露难色，觉得我们母女在岛上无依无靠。

我也无法清楚地向他解释，只能很模糊地告诉他，如果当年爸爸死后，我不是来白纲岛生活过一段日子，也许就没有现在的我。丈夫想象了在岛上的生活，认为在宜人的气候和大自然包围下缓慢生活，或许对志穗有帮助。幸好奶奶留下了房子，志穗也说想来岛上生活。

今年春天，我带着五年级的志穗搬到了白纲岛。

但是，现实并没有这么如意。志穗第一个月很正常地到校上课，但之后经常说肚子痛、脚抽筋，早上不愿意起床，每周都有两天向学校请假，七月之后，没有去学校上过一天课。班主任说，班上的同学都对志穗很好，我猜想是因为别人无法了解的一些小刺，不小心刺伤了她。

但是，志穗并不是一整天都把自己关在家里，她似乎并不讨厌在巴掌大的农田内照顾农作物。我和她一起耕地、种苗后，她每天去拔草、浇水，还记录了观察日记。她比搬来之前健谈了，有时候在农田作业时还会哼歌。

我打算要求她努力试着去学校，我觉得我们母女暂时维持这样的生活也不错。

惠美也对我的做法表示赞成。

惠美已经结婚，在岛上的造船厂工作，所以搬来这里之后，我们还没有见过面，电话和电子邮件的联络也没有很频繁，我们的关系和我没有搬来这里之前差不多。

我从来没有问过她对往事的看法，也不知道她怎么看我，但是我很希望找她商量志穗的事。

我觉得也许是因为惠美在这里，我才决定来白纲岛。

“妈妈，太好了，我们得救了。是不是这个发挥了作用？”

志穗从毛毯中拿出肥皂。她似乎一直紧紧握在手中。我在刻这个十字架时一直祈祷有人来救我们。虽然我刻的是十字架，但也许我看到的是另一个身影。

难道刻在橡皮擦上的十字架后方，也有另一个身影？惠美当年是不是在刻十字架的时候想到了我？这样想实在太抬举自己了。

“是惠美救了我们，也是因为你大声呼救，我们才会得救。去避难所之后，我们先用这个来洗手？”

志穗和我都是满身泥巴，当我们洗完之后，应该已经看不到十字架的影子了。

光的航道

"我们家小碧才是受害人。"

我并不是完全没有预料到深田碧的母亲会说这种话。虽然身为她女儿的小学班主任，我事先联络了她，但她让我站在玄关的水泥地上，自己站在高三十厘米的地方，双手叉腰，居高临下地看着我。

霸凌加害者的母亲坚决不承认自己女儿所做的事，试图利用所有可乘之机翻转立场。

随着媒体大幅报道霸凌相关的新闻，经常看到很多艺人和文化界人士大肆谈论"我也遭受过霸凌"，我对此很不以为然。

对那些正承受着霸凌之苦的受害者得意扬扬地谈论自己遭受霸凌的经验到底有什么帮助？激励他们会遭受霸凌是因为个性使然有什么用？根本不可能有孩子庆幸自己成为霸凌的对象。难道这些人想要表达的是，自己忍受了霸凌，今天仍然成为这么出色的人，所以叫那些遭到霸凌的孩子也不要认输，叫他们忍耐吗？这不是形同叫那些霸凌的受害者继续甘于受害吗？

这样到底帮了什么忙，又解决了什么问题？

难道他们误以为只有曾经遭受霸凌的受害者，才有权利指责加害者和教育机构吗？不，大部分人应该是同情深陷痛苦的受害者，努力想要激励他们。

但是，也有家长利用这种方式，试图把自己儿女的行为正当化，觉得自己也扮演受害者的角色，就可以处于优势。

“说同学的坏话，把同学的东西藏起来，把同学推倒，最后还做了那么可怕的事……小碧完全否认自己做过这种事，你却认定是她做的，把她视为加害者，只相信声称自己受害的同学所说的话。你有什么证据吗？”

“有好几位目击证人，都证明小碧同学做了这些事。”

“你说什么？那你告诉我是谁和谁说的？反正都是一群小孩子吧？这些同学想要陷害小碧的行为才是霸凌。”

“霸凌”。我很不愿意使用这个字眼。诽谤、中伤、偷窃、暴力，如果大人做出这些过当的行为就是犯罪，但发生在小孩子之间，就用“霸凌”这两个轻描淡写的字眼敷衍过去。至少应该用“虐待”“欺负”这些字眼，或许可以让小孩子强烈认识到这是身为一个人不该有的行为，但“霸凌”会让人觉得只是稍微严重一点的恶作剧而已。

从来没有名人公开声称自己是罪犯，但在舆论正视霸凌问题之前，曾经有多位名人神态自若地提到自己霸凌过其他同学，足以证明“霸凌”这个字眼的轻率。

“我之前就担心靠父亲的关系成为老师的人当班主任，迟早会发生这种事。虽说你是靠你父亲当上老师的，但你父亲当年的风评也并不好。如果你继续找我家小碧的麻烦，我会请律师在法庭上据理力争。”

今天的家访必须画上句号。因为学校高层叮嘱我，一旦家长提到“律师”“警察”“媒体”这些会把事情搞大的字眼，就必须先安抚对方“学校方面会重新研究”，然后撤退。

小碧上完社课，差不多要回家了。如果我继续留在这里，她会装出一副受害者的样子，抱着母亲痛哭。我为自己终于找到离开的理由松了一口气。

这次的家庭访问完全没有找到任何解决的线索，却清楚了解到一件事。只要深田碧有这样的母亲，她的霸凌行为就不会结束。

我站在海边的停车场，回头望着位于坡道上方的深田家。那栋房子建在可以眺望夕阳沉入大海的高地上，屋顶和墙壁都是白色的，是目前岛上难得一见的漂亮房子。深田碧的父亲是牙科医生，母亲的哥哥是县议会的议员，算是岛上的名人。虽然每天眺望着濑户内海，但并没有让他们心胸开阔；即使住在白色的房子中，他们仍然是黑心黑肠。夕阳照在白色的房子上……

最近岛上纵火事件频发，真希望这个家会成为下一个目标。

不能有这种愚蠢的想法。我摇了摇头，坐上了车，沿着西侧海岸线行驶。回学校后，还要向上司报告。深田碧的母亲说，要找律师在法庭上据理力争。从什么时候开始，大家把这句话轻易挂在嘴上？

我当然不能反驳说“那校方也打算报警”，因为学校最担心外人发现校内的问题。在当今网络发达的时代，无论任何问题，到最后都会变成校方的错，所以连加害者的父母说话也咄咄逼人。

我读小学的时候，这种乡下小岛的小学有霸凌这种事吗？

通过县内的教师甄试后，我最初被分配到在县内人口数位居第二的F市新市镇内的一所小学。虽然少子化的问题日益严重，但那个学校每个学年有八个班级。我在这所大规模的小学中工作了五年，并没有发生任何重大的问题。去年，我提出了调动申请，回到了出生的故乡白纲岛，被派到白西小学任教。

通常即使提出调动申请，也不会如愿被派到自己想去的学校。但由于岛上的人口逐渐减少，没有人愿意主动申请来这里，很不甘愿地被派到这里的人也带着好像被流放到岛上的心情，很希望可以赶快调离，所以相关单位才会受理我的申请。相反，他们应该很欢迎有人提出这种申请吧。

我并不是因为走投无路才会回来岛上。由于父亲很早就去世，所以左邻右舍的大婶都称赞我当了公务员后回到老家孝顺母亲，但母亲身体很好，并不需要我照顾，在经济上也没有任何困难。她热衷于夏威夷舞，不管我在不在家，她都整天出门去岛外参加比赛、交流会。

我并不是完全不会做家务，所以对母亲出门也没有任何意见。父亲去世至今刚好满二十年，她一个女人独立把我抚养长大。看到她投入自己喜欢的事，我反而感到高兴，也尽可能避免母亲为我操心。

我在岛上出生、长大，大学读的是本县深山内的一所公立大学。对我来说，岛上并不是什么生活不方便的地方，搬回老家住，可以省下房租和生活费，而且我早就决定要搬回岛上，所以当然越早越好。

在东京工作的大学同学曾经问我，会不会对岛上的封闭空气感到无法呼吸，我认为这是一种偏见。虽然附近的大婶经常想要多管闲事地为我安排相亲，但彼此相识多年，建立了能够以一句“再漂亮一点我就可以接受”来轻松化解的关系。从这个角度来说，也觉得老家比较好。而且……

我的前任学校并不是完全没有问题，只是刚好我当班主任的班级没有发生问题而已。无论学校发生任何状况，舆论都会将矛头指向老师。如果是班上发生问题，就认为班主任的资质有问题；如果是学校方面有问题，就认为校长的资质有问题。但我认为无论由谁来当班主任或是校长，问题还是会发生。

无论在哪里，都会有毫不犹豫地欺负他人的孩子。

我当班主任的五年级那一班也有霸凌，但在我发现之前，受害者的父亲已经发现了这件事，直接冲去加害者家中理论，我还没出面，事情就已经解决了。

但是，加害者A并不是因为挨了别人父母的骂，认识到霸凌是不好的行为，从此洗心革面，而是因为受害人B虽然很乖巧，没想到B的父亲很凶，所以了解到不可以欺负B而已。A的父母也只是叮嘱，以后不可以再恶整B而已。所以，A开始善待B，睁大眼睛寻找下一个目标。

绝对不能相信“只要带着真心诚意沟通，对方一定可以了解”这种话。

新学年后，当我得知自己不再是A的班主任，不由得松了一口气。

A被分到新班级后不到一个月，就找到了新的霸凌目标C，一步一步地展开行动。骂C恶心、很臭，或是在走廊上绊倒C。这些或许还只算是霸凌，但逼迫C从家里带钱来，强迫C去偷东西就已经算是犯罪行为了。虽然在别人眼中，两者都是霸凌。

A的班主任是来自H市、比我年长三岁的前辈，热心教育工作，平时就很注意观察学生，所以在暑假之前就发现班上有霸凌现象。但是，A的父母不承认自己儿子的恶行，当初之所以对B的父亲屈服，是因为B的父亲比较年长，而且在地方上很有势力。这次觉得没必要向比自己更年轻、在地方上没有影响力的老师屈服。

即使其他学生看到，也无法相信那些学生。如果不提出证据，就死不承认。A的父母表明了这种态度，于是前辈拍下了A在教室内向C要钱的照片，在A的父母面前出示了这些照片。结果，A的父母说前辈偷拍，把他告上法庭。

差不多就在那个时候，前辈发生了车祸。晚上他从学校走回家时，小客车冲上了人行道。酒驾的司机以现行犯遭到逮捕，但前辈双腿骨折，必须接受六个月的治疗才能痊愈。前辈发生了这么重大的意外，但我去医院探视他时，发现他的表情比平时更平静。

“因为我一直在想，是不是我死了，就可以解决问题，所以这次的车祸是我自作自受。至少我暂时不必面对那对父子了。”

前辈的话让我无言以对。

最后，C在暑假时，转学到他母亲老家的小学，第二学期后，A开始专心准备考私立中学，所以也就安分了下来。前辈的病房收到了以A的名义送的一大把玫瑰花，前辈拒收，但学校高层命令他放在病房内，并要他写感谢函。最后，这一连串的事以沟通的方式顺利解决了。

我和前辈同时遇到了A这个学生，我们身为教师的资质并没有差异，只是运气好坏，造成了不同的结果。所以，我申请调到白纲岛的最大原因，就是希望自己在抽到下下签之前，躲去一个安全的地方。

当我向前辈报告，我即将调回自己出生的故乡时，前辈对我说：

“这是聪明的判断，家乡的人一定会很珍惜你。我也希望自己出生在很有人情味的乡下。”

听到前辈的话，露出害羞笑容的我真是太傻、太天真了。

校长和学年主任听到“律师”两个字，都用力皱起眉头，责怪我是不是态度太恶劣了，并命令我隔天一早打电话去道歉。我想赶快离开，就回答：“我知道了。”然后回到了家，但搞不清楚自己到底该为什么道歉。

我并没有要求霸凌加害者的母亲道歉或是请求精神赔偿，只是告诉她，她的女儿是霸凌的加害者。

深田碧功课好，运动能力也很强，在班上是大姐大，但她自己也意识到这件事，而且随时很在意他人，所以这个学生就变得很棘手。读小学期间，努力比才能更容易获得好成绩，只要平时上课认真听课，完成每天的作业，就可以在公立小学的考试中获得满分的成绩。

至于运动方面，运动会上不再举办跑步比赛，体育课的地板运动只要能在五、六年级学会前滚翻和后滚翻就好，跳高也禁止跨越式以外的方式。目前在体育方面，只要求学生做一些所有人都能够做到的事，谁敢拼，谁就能赢。

但是，升上六年级后，有些原本默默无闻的孩子身上某些在无意识中压抑的资质开始崭露头角。被深田碧欺负的三浦真衣就属于这种类型。和大家一起参加五十米赛跑时，她的成绩并不算太理想，但当她单独跑五十米时，就跑出了全学年最快的成绩。

当我在发自习作业时，误把第三学期使用的汉字学习卷发给学生时，也只有真衣完全写出了正确答案。但是，真衣从来不炫耀自己的厉害，面对无论是下课时间的游戏，还是聚会带的点心都喜欢出言干涉的小碧，她也总是乖乖服从。所以小碧到底对真衣的哪里有意见，才会对她做出这么残忍的事?

自从真衣被小碧和她的几个朋友关在已经废弃的造船工厂仓库内一整晚后，她无法再走出家门一步，当然也没有再来上学。

小碧的几个朋友说，她们只是听从了小碧的建议才这么做的。因为真衣在校外教学时曾经说，她既不怕黑暗，也不怕鬼，所以小碧提议去测试一下她说的话到底是真是假。她们还说，真衣也有不对的地方，因为她既然会害怕，为什么要说那样的谎？

虽然她们没有反省，但知道是因为做了不该做的事而遭到斥责，于是说出了自己所做的一切，并写了道歉信给真衣，保证以后再也不会对她做一些不愿意发生在自己身上的事。真衣的父母原谅了她们，事情也就这样落幕了。

这些学生的家长知道自己的孩子在做这些事时虽然没有恶意，但的确太过火了，所以有家长来向我道歉，也有的家长在我面前大声责骂孩子，却没有家长提出要去向真衣或真衣的父母道歉。当我要求他们去道歉时，有的家长流着泪说，他们会去道歉，但希望不要公开这些事；也有的家长说，虽然不会登门道歉，但会送慰问品。和深田碧的父母相比，这些家长的行为都算是在合情合理的范围内。

小碧没有做任何事，她只是被坏朋友利用，小碧才是受害者……

如果我现在道歉，或许就无法解决三浦真衣遭到霸凌的问题，但我不知道该如何避免这种情况发生。

真衣的父母希望通过学校达成和解。虽然他们怒不可遏，但既然要继续在岛上生活，就不指望严惩加害人，而是寻求可以长期过平静生活的方法。我能够深切了解真衣父母的想法，但对于不认错的人，要如何才能和解？

虽然我回到了故乡，却没有任何可以商量的人。

母亲今天和一起跳夏威夷舞的朋友出门旅行了。不，我无法向母亲启齿。虽然没有食欲，但必须吃母亲帮我做好的汉堡。不能让母亲明天回家时为我担心。

在此之前，必须去佛桌上香。

父亲去世至今二十年，我家每天晚上都是在晚餐前为父亲上香。虽然大部分人都是在清晨上香，但母亲要去超市上班，我也要去上学，所以我们母子每天吃完早餐后就立刻出门了，不太希望把点了火的线香留在家里。而且，母亲希望对着父亲合掌祭拜时，不要有求于他，而是要心存感激。

早上合掌祭拜时，都会忍不住希望今天一整天都平安顺利，但在结束一天后上香，就会向父亲报告今天也很顺利，内心会很自然地涌现感激。

母亲所说的要对父亲心存感激，并不是单纯指他在天上守护我们。母亲一有机会就告诉我，多亏父亲投入教职，所以在父亲去世，只剩下我们孤儿寡母后，周围的人也都善待我们。

“很多人都对我说，你爸爸以前很照顾他们。我们就是靠他们，才能继续生活。”

多亏了父亲生前当公务员[1]，所以虽然是单亲家庭，但我从小就不曾有过家中经济困窘的感觉，也让我能够读大学。因为受到父亲的影响，我才决定投入教职。

但是，不知道父亲是怎样的教师？虽然母亲那么说，但我从来没有遇到任何人对我说，他曾经受到父亲的照顾，没想到今天深田碧的母亲提到了父亲。虽然她的话不可信，但令我今天面对佛桌时，

---

[1] 在日本，公立学校教师属于公务员。

无法心生感激之情。

父亲生前是中学老师。深田的母亲之所以知道，是因为深田的父亲曾经是父亲的学生。虽然深田的母亲因为父亲是教师，就认定我是靠人脉关系才被录用，但父亲二十年前就因病去世，而且生前也没有一官半职，到底有什么能耐可以帮我走后门？她只是想找借口，还是想要发泄多年的怨气？

深田的父亲读中学时，父亲似乎打过他。深田的母亲虽然一再强调这件事，却没有说出父亲打他的原因，可见深田的父亲一定干了什么坏事……

虽然小学的情况和中学不一样，但如果父亲还活着，我会和他讨论自己目前面临的问题吗？不知道父亲又会怎么回答我。

不了解他人痛苦的人，可以用拳头让他们了解。

我觉得父亲可能会这么回答我。我曾经好几次在心里握起拳头，想要用拳头教训学生。对于无法沟通的人，应该可以动拳头吧。这么一来，即使他们不了解不能轻易伤害他人这种理所当然的事，也会知道一旦做坏事，自己的日子就会不好过，会基于自我保护而克制不良行为。

但是，目前的教育环境不允许老师有这样的行为。即使允许对学生的不良行为有阶段性的惩罚，允许把教师殴打学生列为最重的惩罚（谁有权允许呢？文部科学省，还是教育委员会？），恐怕也会引发很多问题。

你自己有多好，有权利打我女儿吗？

深田的母亲一定会说这种话。的确，我活到这么大，并不是从来没做过坏事，也说过谎、打过架。

我也曾经推倒对方，导致对方擦伤。那一次，我挨了父亲的拳头。虽然我有理由想要反驳，但父亲的拳头让我很受打击，于是就说不出口了。

由此可见，在教育第一线，无论遇到任何状况，都不可以动手打人。

如果有人打我一顿，让我昏睡半年……

我记得听到了噼啪噼啪木柴燃烧的声音。发生火灾了吗？虽然脑袋里闪过这个念头，但浑身沉重，连脑袋也很昏沉，心想应该在做梦，于是再度陷入沉睡。

再度醒来时，我躺在医院的病床上，母亲一脸担心地在床边探头看着我。我叫了一声，她擦着眼泪，为我恢复意识感到高兴。

听母亲说，有人在我家纵火。火从后院烧了起来，火势波及刚好在后院旁的我的房间。我的右手包着绷带，所幸只有轻微烧伤，但因为吸入了大量烟雾，我整整昏睡了一天。家中的房子并未完全烧毁，佛桌和客厅的书架、装饰柜都躲过了一劫，只要花费一周左右的时间修理，就可以搬回去居住。

母亲暂住在相隔两户的表姐家中，我包括检查在内，要住院四天。由于适逢周六、周日，所以向学校请了两天假。

难得在下午的时间看书，有一名访客来到病房。

访客身材魁梧、皮肤黝黑……年纪比我稍长，我不认识他。他到底是谁？

“你好，我叫畑野忠彦，是大崎老师，不，是令尊的学生。”

他自我介绍后，递给我一盒哈密瓜。

畑野先生住在H市，从报上得知了纵火事件，所以去了我家里。我语带歉意地问他，是否不知道父亲已经去世。他回答，父亲在去世前两年是他所在班级的班主任，所以当时去参加了葬礼。如今每年父亲的忌日，他都会去扫墓，有事无法前往时都会送花。

“我知道了。你现在是不是在当中学老师？我曾经听我妈说，你来过家里，在我爸的遗像前向他报告，你通过了教师甄试。”

“我去过府上，所以这次得知消息后感到坐立难安。虽然今天是第一次和你见面，但听令堂说，你在小学当老师，所以一直很想见见你。不好意思，在你疗养期间叨扰。”

“不，我才不好意思，让你特地过桥来看我。”

“我真是太高兴了，你和令尊长得太像了。你是因为受到令尊的影响，所以才当教师吗？”

“是啊，教师是一个稳定的职业。”

“不是因为希望成为像令尊一样的教师吗？”

“我爸死的时候，我才十岁而已。虽然知道他在中学当老师，但完全不知道他是怎样的老师，所以并没有以他为榜样。毕竟是那个年代的人，听说他曾经打学生，所以不能以他为榜样。”

“没这回事。大崎老师是我发自内心尊敬的老师，他会动手打学生是有原因的。”

因为他看起来很活泼，我猜想他挨过父亲的拳头，所以半开玩笑地这么说，没想到他一脸严肃地反驳，让我反而有点不自在。

“我很喜欢我父亲，但并不觉得他是这么优秀的人。我挨过他的拳头，关于这件事，我至今仍然无法接受。”

“老师打你？为什么？”

他露出难以置信的表情。他可能真的很尊敬父亲，也许父亲平时并不会随便打学生。

“我推了同学，导致同学受了伤。虽然这件事的确该挨骂，但我觉得他至少应该听我说明原因。”

“有什么原因？”

“现在说起来，会觉得很微不足道，是因为下水典礼。”

我把那天发生的事告诉了畑野先生。

二十世纪六十年代后半期到八十年代前半期，白纲岛的造船业很发达。我同学的父亲有七成都从事造船业。造船厂经常举办运动会或是音乐会等各种活动，我无法参加这些活动，所以对父亲当老师这件事颇有微词。

但是，在造船厂的各种活动中，有些活动不限参加者的资格，即使父亲不是造船业的员工，也可以自由参加。其中最热闹的当然就是下水典礼，只不过在我懂事时，国内的造船业开始走下坡，我只看过一次下水典礼。

那是在小学三年级的秋天，是我此生第一次，也是最后一次看下水典礼。

岛上最大的造船厂的新船制造部门已经决定那是最后一次下水典礼，之后将废除这个仪式。街上到处贴着下水典礼的海报，班上的同学都很期待这一天的到来。我和父母约好三个人一起去看，所以和那些父亲在造船厂上班的同学一起热烈讨论。

不知道是什么船，会不会是豪华客轮？听说是一艘大船，到时候会有很多摊位，我要去那里买东西。听说会卖船的海报和模型，还会有彩球和鸽子。还有鼓笛队，不知道会不会演奏《鲁邦三世》和《机动战士高达》的主题曲？

我把在学校听到的消息告诉父亲，他还对我说："真让人期待啊！"所以当他直到前一天才告诉我，他不能陪我去时，我发自内心地感到失望，但我还是告诉自己，爸爸要工作，这也是无可奈何的事。

下水典礼当天，我一大早起床和母亲两个人搭公交车去造船厂，用红白缎带和彩球装饰的蓝白双色巨大轮船还停在岸上，我们挤在围观的民众中等待典礼开始。这时，我看到父亲站在前方。

父亲并不是一个人。如果他带着数十名身穿制服的中学生，我当然知道他是带学生来参观，但父亲身旁站了一个身穿便服的男生，看起来像是中学生。这个又矮又瘦的男生到底是谁？我闷闷不乐，不停地看向他们。

这时，号角响起，下水典礼开始了。

首先公布了船只的名字。随着锣鼓声响起，原本遮住船名部分的白布被拉开，出现了"白纲丸"三个字，周围顿时响起了如雷的掌声。

终于到砍断缆绳的时刻了。缆绳上绑着彩球和将近两升的日本酒瓶，身穿西装、胸前戴着红白双色缎带花、看起来很有威严的大叔举起银斧砍断了缆绳，日本酒的酒瓶撞到船身后立刻破了，彩球打开，飘下了各式彩带、纸花和五彩缤纷的气球，白色鸽子同时飞了起来，船身缓缓滑向大海。

鼓笛队的成员身穿肩上有金色流苏的红色制服，轻快地演奏着《军舰进行曲》，船只好像配合着进行曲的节奏缓缓前进，溅起无数水花。彩带在风中飘扬，气球飞得高高的，白鸽已经飞向了远方。船只驶向对面的小岛，狭窄的海面好像一下子就可以游过去，我却觉得轮船好像驶向了大海。

新船是一艘货轮，全长一百六十五米。巨大的船只和热闹的仪式令我兴奋不已，我不经意地抬头一看，发现站在我身旁的母亲流下了眼泪。不只是母亲，还有很多大人都啜泣着，用手帕擦着眼角。

我不知道他们为什么流泪，我拉着母亲衬衫的袖子问："怎么了？"

"外公以前也在这里造船。"

父亲在H市长大，母亲从小生长在白纲岛。父亲来白纲岛的中学任教那一年认识了母亲，他们翌年就结婚了。我的祖父母还住在H市，外婆和外公分别在母亲结婚三年前和我出生的翌年生病去世了。

我们位于南西町的家是母亲的老家，在我升入小学那一年重新装修过，客厅的装饰柜上陈列着船只的旧模型和酒瓶船。

"以前每年都会有三四次下水典礼。"

母亲小时候，因为外婆经常生病，所以全家人很少一起出门，但每次举行下水典礼时，全家都会一起去观赏。

“这是爸爸造的船。”

外公总是这么说，然后让年幼的母亲坐在他肩膀上。母亲长大之后，外公就把有力的手掌放在母亲肩上。

“外公是电焊工，所以手上的老皮好像戴了棒球手套，很坚硬粗糙，摸起来有点痛，但是想到他用这双手造大船，就感到很骄傲。”

佛桌上放着外公的遗照，看起来瘦瘦小小的，所以很难想象他的手，但我可以想象，母亲正回想着外公把手搭在她肩膀上的感觉。

“每次来参加下水典礼，外公就会买模型和酒瓶船给我当作纪念，还会买一大盒牛奶软糖。”

原来装饰柜上的那些摆设是母亲的收藏品。每次参观完下水典礼后，她就会在外公的协助下做模型。

“我们家在下水典礼的中午都会吃散寿司，你外婆每次都会在散寿司里放很多特制的星鳗。”

难怪那天早上，母亲一大早就起来做散寿司。在白纲岛长大的大人和母亲一样，都有很多关于下水典礼的回忆；但那天是最后一次下水典礼，原本以为造船业的衰退和我没什么关系，没想到和白纲岛的衰退大有关系。想到这里，不由得感到难过。

今天是白纲岛最后一次这么热闹……

母亲牵着我的手，一起看着大船下水。

响起一阵警笛，“白纲丸”大货轮带着岛民的回忆和希望下水，大家在内心喊着“加油、加油”，声援这艘货轮。

“当初怀你的时候，我也和你爸爸一起来看过。”

我第一次知道，原来我的名字来自下水典礼。“加油！”我忍不住大声叫道。

如果父亲也可以像外公当年陪母亲看下水典礼时一样，可以在这里陪我，把手放在我肩上，一定可以带给我极大的勇气。如果父亲把手放在母亲肩上，我就一定会感到很安心。

我看向父亲的方向……父亲把手放在我不认识的那个家伙肩上，两个人一起目送着货轮离去。“我们去摊位逛逛吧。”我拉着母亲的手，急急忙忙离开了。虽然之前我想买很多东西，但是眼前这一整排的摊位，已经完全无法吸引我了。

天黑之后，父亲才回家，所以我们一家三口并没有一起吃散寿司。

星期一到学校后，大家又热烈地讨论下水典礼的事。

来宾中，有一位演歌歌手的母亲是白纲岛人，舅舅是造船厂的高阶主管。虽然那个歌手并不是很有名，但这些乡下的孩子七嘴八舌地讨论着谁看到了他，谁没有看到他。我甚至不知道这个人来参加仪式，结果，一个看到歌手的同学不停地问我：

“什么？你没看到吗？你这么矮，当然看不到啦。你爸爸没有带你去吗？我坐在我爸爸肩上……”

“不要烦我！”

我用力推开他。他和课桌一起倒在地上，下巴擦伤了。如果只是手脚擦伤，我一定会在班主任的陪同下向他道歉了事。他跌倒在地上时，大喊着：“干吗推我？”然后踢我的膝盖，但我没有还击，所以我觉得根本没必要向他道歉。

因为他脸上受了伤，所以学校打电话到我家，要求我们打电话向对方道歉。

母亲立刻打电话去那个同学家，因为和对方的妈妈是老朋友，所以聊了一会儿，两个母亲开始谈笑风生。没想到父亲中途回家了，母亲挂了电话后，向他报告了这件事。父亲叫躲在自己房间窥视的我坐在他面前。

“你动手打了同学吗？”

父亲一脸严肃地问。我点了点头。

“因为……”

我的话还没说完，父亲一巴掌打在我脸上。

“在回答我有没有动手打同学之前，不要为自己辩解。无论基于什么理由，都不能对别人动手。”

我冲进自己的房间放声大哭。

谁叫你带别人去看下水典礼！

我一直无法把这句话说出口，始终避着父亲，没过多久，父亲就住院了。他患了肝癌。父亲在两年前就动过手术，但只有我直到父亲去世，都不知道这件事。

“所以，我很想问我爸：那你为什么打我？”

我半开玩笑地说，畑野先生没有生气，带着歉意的表情看着我。

“现在当然能够理解，因为我之前从来没有挨过打，所以我爸让我体会了一下疼痛，让我知道我对别人做的事就是这种感觉。”

况且，我并没有因为被父亲打，或是在下水典礼时不太开心，就从此讨厌父亲。去海水浴场，抓虫子，去白纲山健行，在父亲节画的画得到父亲的称赞，洗澡时教我九九乘法表——这些愉快的回忆足以消除我内心的小疙瘩。

但也许正因为这样，这个小小的遗憾始终留在心里。

“真的很抱歉。”

“……呃！”

我搞不懂畑野先生为什么突然向我道歉。

“那天大崎老师带我去了下水典礼。”

“啊？”

我满怀歉意，从头到脚打量了畑野先生两次。

“我在中学三年级时突然长高，最近也开始发胖，所以你无法和当时看到的人联想在一起。”

“不、不好意思，我不知道是你，所以乱说了一通。”

“你是说下水典礼的事吗？”

“如果不是一边玩被子，一边说话，如果刚才说话时看着你的眼睛，也许中途就会发现了。”

“不，我很庆幸你告诉我。即使你没有提下水典礼的事，我也会主动提这件事。你愿意听我说吗？”

我点了点头，畑野先生告诉了我在下水典礼那一天所发生的事。

畑野先生在白北中学读一年级时，刚好由父亲担任班主任。对岛上大部分孩子来说，上中学只是就读的学校从小学变成中学，穿上新的制服，每天去和原来的学校距离不远的新学校读书，只有一小部分人例外。

岛上北端是岛内最小的城镇北町，住在那里的人从每班不到十个人的小学毕业后，必须去邻镇中町的白北中学。对他们来说，完全是一个新的世界。

畑野先生的中学生活也是从突然被丢进一个势力范围已然形成的世界开始的。一开始，他并没有太大的不适应。他加入了桌球社，也交到了中町的朋友，在学校内并不引人注目，但也不至于被人在背后议论，过着平凡却也不坏的学生生活。

暑假即将结束的某一天之后，这种生活发生了变化。

社团活动结束后，他和两个同学一起去位于中町和北町之间的一个小海滩，打算去那里看相互借阅的漫画。因为那里不是海水浴场，所以很少会有人去那个海边，而且那里很通风，堤防很高，从马路上看不到海边的情况，也形成一片阴凉，是绝佳的休息场所。

畑野先生有一个比他大两岁的哥哥，两个人睡同一个房间，所以想在外面找一个可以看漫画的地方。我很惊讶白纲岛的学生会从暑假开始就为考高中做准备，一问之下才知道，他哥哥功课很好，打算考岛外的高中。

当他们来到海边时，发现已经有人在了。有一个三年级的学长独自在那里抽烟。虽然他们知道不应该抽烟，但并没有足够的正义感敢当场制止学长。三个人觉得自己来得不是时候，悄悄地走回马路，解散之后就各自回家了。

畑野先生住在北町，其他两个人住在中町。

虽然他打算把看到学长抽烟的事告诉哥哥，但又觉得自己并不知道学长的姓名，即使说了也没什么意义，所以就没提这件事。那个抽烟的学长并不是坏学生，平时也不引人注目，只是一个很普通的男学生。

翌日之后，畑野先生就觉得另外两个同学的态度有点不对劲，但他们仍然像之前一样相互借阅漫画，所以他以为自己太多心了。

但是，第二学期一开学，就有同学开始整他。

班上的男生开始对他视若无睹。第二天，他刚带来学校、放在课桌旁的运动鞋不见了；第三天，他的桌上放了一个花瓶，里面插了一本卷起的色情书，封面上用马克笔写着“奠仪”。

畑野先生感到心跳加速，好像有一只手抓住了他的喉咙，但还是努力站在那里。他巡视教室内，无论男生还是女生，不是脸上带着嘲笑，就是露出好奇的眼神，或是移开视线，都不想和他扯上关系。

他原本打算在上课铃响，老师走进教室之前将花瓶一直放在那里，但随即发现花瓶里有一张卷起的纸。打开一看，发现上面写着：“预祝考进光星高中！”那是他哥哥打算考的那所高中，于是他急忙把花瓶和色情书藏在放打扫用品的柜子里。

即使去参加社团活动，同学们也对他不理不睬。放学后，当他在社团活动室拿出放在运动袋里的运动服时，发现衣服湿透了。

他完全搞不懂其中的原因，以为有人想玩霸凌游戏，所以选中自己成为最初的目标。

整他的行为一天比一天恶劣。

那天他去学校时，听到背后有人对他说“早安”，他以为游戏终于结束了。没想到一回头，就被用力推了一把。早安。早安。早安。同学都笑着推他，有人用装满教科书的沉重书包打他的后脑勺，也有人用拳头打中他侧腹，甚至有人从正面掐他的脖子。

嘴上叫着“好危险”，把畑野先生推下楼梯后逃走的人，正是半个月之前，还开心地和他相互借阅漫画的桌球社同学。

“他们维持可以勉强辩解成是开玩笑的行为，观察我是否会向周围的大人求助。”

虽然畑野先生说得轻描淡写，但我难以相信在岛上的中学会发生这种事，而且发生在比我读中学时更早的没有计算机和手机的时代。我读中学时，也有对某个同学不理不睬或打架之类的事，但我以为只有在大城市的坏学校，或是连续剧中，才会发生更严重的情况，没想到这座岛上以前就有霸凌的情况发生。

“你没有告诉父母吗？”

“请他们打电话向学校抗议吗？如果这样可以解决问题，我早就自己去教师办公室了。而且我觉得父母知道我在学校遭到霸凌，不是会感到气愤，而是会感到难过，自责为什么会把儿子教育成让人看不起的人。况且遭到霸凌的孩子通常不是因为家庭生活不圆满，才无法告诉父母，而是不希望父母难过。在学校丢脸还可以忍耐，但绝对不希望父母看到。”

我虽然没有被霸凌的经验，但在社团活动或因为升学的事烦恼时，也没有告诉母亲，而是独自烦恼。我不想让母亲担心，原本以为是单亲家庭的关系，但如果父亲还活着，我会找他商量吗?

“而且，一旦和别人商量，就等于认定自己遭到了霸凌。小航，你用力打过自己吗?”

我只能对他摇头。

“你是用什么方法独自克服霸凌的?”

“我并没有克服。”

畑野先生闭上眼睛片刻，继续说了下去。

暴力不光是从身体外侧带来打击，还有当事人脸上露出冷笑，觉得自己并没有遭到霸凌，假装什么事也没有发生所形成的压力不断累积，导致他身体内侧也承受了打击。

九月底，在午休结束后的打扫时间，他第一次感到腹痛。虽然他告诉自己，只要忍耐十五分钟就好，但他的胃好像拧抹布般绞痛，手指和双腿都不停地颤抖，他终于忍不住冲进了其他学生正在打扫的厕所。

幸好一年级男生用的厕所是其他班级的人负责打扫，但是，那天之后，他每天都在相同的时间腹痛不已。即使没有吃一口便当，也照样疼痛。其他班的同学即使在打扫厕所，也都会让他上厕所，那些不知道他遭到霸凌的同学在走廊上和他擦肩而过时，都会调侃他是“拉肚子王”。

压力并非只引起腹痛而已，畑野先生的头上开始冒出很多头皮屑，好像有人在他头上撒了盐。即使每天晚上仔细洗头发，头皮屑仍然不断冒出来，除了肩膀和脖子周围，就连桌子上也经常有头皮屑。这么一来，原本总是对他露出同情眼神的女生也毫不掩饰脸上的不快，对他避之唯恐不及。

虽然他自己没有察觉，但当时似乎也有严重的口臭。自从有一次上课时，一位年长的女老师直截了当地指出这件事后，他甚至不敢呼吸，在无意识中屏气后差点想吐，坐在他旁边的女生哭着说他很恶心。不久之后，全班都开始整他。

曾经有人一脸得意地说，那些遭到霸凌的人并不是无缘无故遭到霸凌，列举出的其中一个原因就是“不干净”，但那个人可能没想过到底是先有霸凌，还是先有不干净。

隔了一个月，班上同学原本带着嬉闹的暴力变得冷酷，简直就像是使出浑身解数，要把得了传染病、闯进教室的野狗轰走。

十月初，分配到扫厕所的人不让畑野先生进去上厕所，畑野先生几乎快昏过去了，好不容易冲到教师用的厕所，只差一步，却不幸前功尽弃。

“我感到极大的屈辱，决定一死了之。”

听到畑野先生咬牙切齿地说这句话，我觉得自己好像也经历了相同的事，不，虽然只能体会他所承受的一小部分而已，但已经觉得内心痛苦不已，完全不知道该对他说什么。

当我缓缓抬起眼睛时，畑野先生对我轻轻点了点头，好像在说:“我继续说下去。”

“大崎老师救了我。”

听到他口中说出“老师”这两个字，我发现自己身为老师，而且也知道对我诉说这些不堪回首的往事的畑野先生目前也是老师，但我竟然只是以被害人的立场思考畑野先生遭到霸凌的事。

畑野先生来不及跑进厕所就失禁了，父亲为他善后。当畑野先生换了运动衣后，父亲说要送他回家。畑野先生说，他想在回家之前把裤子洗干净，因为他不希望家人知道在学校发生的事。

当时，中町和北町没有投币式洗衣机，父亲开车载畑野先生去造船厂所在的南町，去那里的投币式洗衣店洗衣服。

“可不可以告诉我发生了什么事？”

父亲问畑野先生，但畑野先生没有回答。他并不是不相信父亲，而是当时已经没有力气把刚才对我说的那些事告诉父亲，却也无法继续撑下去了。他不知道自己是想说“救救我”，还是想说“别管我”，在他开口的同时，忍不住呜咽起来，泪水不停地流下来。

压抑在内心的千头万绪都交织在一起，化为一句话，随着呜咽一起吐了出来。

“我想死。”

他并不是希望父亲制止他，而是他内心只剩下这种感情。

父亲沉默片刻，没有问他为什么想死，也没有说服他不要死，只对他说：

“明天要不要去看下水典礼？”

他猛然抬起头，看到投币式洗衣店的墙上贴着下水典礼的海报。畑野先生的父亲在邮局上班，所以并没有计划带他去看下水典礼。

但是，住在岛屿北端海边的城镇，每天都可以看到船只的畑野先生还是希望在最后看一眼崭新的轮船。

他一言不发地对父亲点了点头。

“那天下水典礼的情况，你也都看到了。”

二十年前，畑野先生在距离我不到十米的地方，和我看到了相同的场景，但是，他内心的想法和我完全不同。如果现在的我和当时的畑野先生一起出现在那个场合，应该会充满希望地看着向大海前进的轮船，牢牢抓住畑野先生瘦弱的肩膀。

就像当年的父亲一样。

对畑野先生来说，这个举动带给他多大的勇气。

“看完下水典礼，老师送我回家时，说要请我喝果汁，带我去了北町的海岸公园。我和老师一起坐在面向大海的长椅上，看到油轮和货轮在眼前的大海上来来往往。老师看着那些轮船对我说了以下这番话。”

没有人为那些轮船加油，但是，每一艘船都曾经像今天举行下水典礼的那艘货轮一样，在很多人的祝福下驶向大海。

人也一样。父母充满期待地为十月怀胎生下来的婴儿取了名字，所有人都为此感到高兴，寄托了希望，把孩子送向这个世界。

大海上的船只带着各自的使命在海上航行，每个人也要活出各自的人生。就像大海会有暴风雨一样，人生也会有起伏，虽然父母或长辈有时候可以助一臂之力，却无法在所有航路都一路陪伴。

我的使命就是引导、守护经过我所在的那个海域的所有船只。当大海上出现暴风雨时，让航线相同的船连接在一起，避免沉船也是我的工作。无论是哪一艘船，都不可以击沉另一艘船。

名为畑野忠彦的这艘船出港后，只在大海上航行了一小段距离，不可以在这里沉船。绝对不能沉船。

因为你是带着祝福来到这片海上的。

“我当然不记得自己出生时的事，而且我是家中的老二，所以家里几乎没有我的照片，但是，老师的这番话和下水典礼的景象让我知道，也曾经有人为我祝福，更知道大崎老师在保护我。”

畑野先生告诉我，父亲为他做了哪些事。

父亲对班上的学生做了有关霸凌的问卷调查，只不过学生稍微斜一下眼，就可以看到邻桌的同学写了什么，当然很难写出实情。但是，只要学生还有一丝良心，就会用委婉的字句，稀释十倍后写下恶质的真相。

父亲反复看了问卷调查的内容，从中发现些微的线索后，找学生单独谈话，学生不会在第一次谈话时就和盘托出。父亲做好了充分的心理准备，发挥耐心，在保护畑野先生的同时，仔细观察班上的情况，持续和学生谈话。

最后，父亲终于找出了主谋和畑野先生遭到霸凌的原因。

在海边看到学长抽烟成为这一切的原因。在他们看到学长抽烟的第二天，学校请那个抽烟的学长和家长一起到学校，对他抽烟一事做出了处分。三年级的学长否认抽烟一事，没想到班主任告诉他，有学弟看到他抽烟。三年级学长知道前一天他们三个人去了海岸，于是就去质问另外两个同住在中町的学弟，那两个人说，不是他们告密，而是畑野先生向学校告密的。

正义的告发者面对微小的威胁，竟然不敢承认自己做的事。

三年级的学长和畑野先生班上最有影响力的男生是邻居，从小一起长大，于是，学长就要求他去恶整畑野先生，他也答应了学长。这个在班上有影响力的男生声称被三年级的学长威胁，学长说他只是开玩笑，但畑野先生的同班同学觉得很好玩，所以主动答应了。虽然无法知道谁说的才是真话，但这两个人都是主谋。

班上的同学，尤其是男生都说，因为有三年级的学长撑腰，他们担心不听从班上那个最有影响力的同学的指挥，自己也会遭殃，所以就听从了他的命令。

两个主谋虽然相互推卸责任，但表面上还是道了歉，解决了对畑野先生的霸凌问题。父亲在之后仍然持续观察，只不过不是观察畑野先生，而是观察那两个主谋。在他们了解不光是自己，而是所有的同学都是受到祝福的之前，父亲持续观察着。当他们差一点再犯相同的错误时，父亲也曾经对他们动手。即使因此遭到批评，父亲也绝对不让步。

“如果老师知道自己得了癌症，一定很想和你一起去看下水典礼，正因为老师想到了你，所以才会把下水典礼比喻成小孩子出生时的喜悦。也许老师想要告诉你，虽然无法在漫长的航海路上一路陪伴你，但在你无法承受暴风雨和孤独时，希望你能够回想起，在出海的时候，受到了众人的祝福……为了回报老师把宝贵的时间用在我身上的恩情，我希望把老师的这番话传达给更多学生，用这种方式报答老师。”

畑野先生说完，向我挥了挥手走出病房。他的道别方式很干脆，就像住在附近的朋友顺道来病房小坐片刻后离去。

畑野先生真的只是在报纸上看到火灾的报道来探视我吗？父亲是否察觉我在佛桌前注视着打火机的火，以为一旦发生火灾就可以一了百了的愚蠢想法，而托梦给畑野先生？嗯，应该不可能有这种事。

我不再逃避。我已经想好要怎么对学生说，也想好了该对家长说的话。

我有点累了，躺在病床上闭上眼睛，脑海中响起号角声，随即是轻快的进行曲的旋律。那是下水典礼的景象。

父亲的手搭在畑野先生的肩上，但是，我在不知不觉中取代了畑野先生的身影。父亲没有发现，对着我说：

“没有人为那些轮船加油。”

畑野先生听到父亲说的那番话，变成了父亲对我说的话。

爸爸。

我注视着父亲的双眼，父亲的脸渐渐变成了我的脸，听我说出父亲那番话的是……三浦真衣。

鼓笛队的进行曲不知道什么时候停止了，周围的空地上只有老旧的仓库。但是，我并没有住口，因为我深信，只要濑户的大海还在那里，就会有光明的未来。